テロリストの処方

久坂部　羊

集英社文庫

テロリストの処方

1

マンションの三十二階の大窓から、果てしなく広がる街を眺めていた。どんより曇った低い空に、午前のうす黄色い光が反射している。

「そんなところに立ってないで、テーブルに着いてよ」

カウンターキッチンから妻の声がかかった。

日曜日の午前はブランチと決まっている。出されるのはいつもレトルトパックのセットメニューだ。今朝はソーセージと温野菜にバレンシア風のパエリア。それらを皿に移すことを、妻は「ひと手間かける」と称する。スチロールトレイのまま出す家もあるらしいから、それはたしかに「手間」かもしれない。

テーブルに着き、タブレットの新聞をタップした。電子版の日読《にちどく》ガゼットは、医療面が充実しているので愛読している。

一面を開くと、いきなりおぞましい見出しが3D表示で飛び出した。

『医師焼殺　〝勝ち組医師テロ〟3件目か』

昨夜、世田谷区でまたも医師を狙った事件が発生したらしい。被害者は四十八歳の循環器内科医で、フィットネスクラブの地下駐車場で、愛車のボルボに乗り込もうとしたところを、金属バットのようなもので後頭部を殴打され、ガソリンをかけられて火を放たれたという。昨夜、私は締め切りの迫った医療エッセイに追われていたので、近くでそんな事件があったのをまるで知らなかった。

「また医者を狙ったテロだよ。しかも、今度はわりと近所だ」

キッチンにいる妻に声をかける。自分用の特製ジュースを作っていた彼女は、わずかに手を止めて不安そうにこちらを見た。

「怖いわね。どのあたり」

「上野毛《かみのげ》。セレブ御用達《ごようたし》のクリニックの院長らしい」

妻が特製ジュースをタンブラーに入れてキッチンから出て来る。ニンジンとリンゴをベースに、小松菜とパセリとレモンを混ぜたオリジナルだ。彼女は面倒な料理はしないが、美容のための手間は惜しまない。

「〝勝ち組医師テロ〟の三件目かって書いてある」

「どうしてわかるの」

「例のメッセージが残されてたんだって」

——豚ニ死ヲ

この言葉が、これまでの二件にも共通していた。

一件目は、去年の十二月四日。医師専用の会員制クラブ「表参道倶楽部《おもてさんどうクラブ》」に、手製の爆弾が投げ込まれた事件だ。死者は四人、重軽傷者七人。

表参道倶楽部は入会金千五百万円、年会費六百万円の富裕医師向けのクラブで、被害に遭ったのは、いずれも年収が一億円近い医師たちだった。

海外ではイスラム過激派による爆弾テロが連続しており、日本もついに国際テロの標的になったかと危ぶまれたが、事件の数日後、新聞社に海外のテロとは無関係の犯行声明が届いた。内容は日本の患者の窮状を訴え、医師のぜいたくを糾弾するもので、冒頭に『豚ニ死ヲ』と書かれていた。

二件目は、今年の四月三日、大阪市阿倍野《あべの》区で発生した。「日本肥満予防学会」の会長が、自宅前で何者かに日本刀で斬殺された事件である。会長はメタボリック症候群の権威で、製薬会社から多額の寄付を受け、その豪邸は「メタボ御殿」と呼ばれていた。

事件の数日前、会長宅の外塀に、『豚ニ死ヲ』という落書きが見つかったが、会長は清掃業者に消させただけで、警察に通報しなかった。事件後、警察は「表参道倶楽部爆破事件」との関連を調べたが、明らかなつながりは見つからなかった。

昨日の上野毛の事件では、ガソリンを入れていたポリタンクに、『豚ニ死ヲ』と油性ペンで書き殴られていたという。

それぞれの事件が同一犯によるものか、あるいは連鎖反応的な模倣犯なのかはわからないが、被害者がいずれも高収入の医師であることから、メディアは〝勝ち組医師テロ〟の呼称を使っていた。

「ひどいことをするヤツもいるもんだな」

「犯人はきっとサイコパスよ。勝ち組の医者に恨みを持つ患者じゃない？　世間にはそういう人がけっこういるみたいだから」

妻は簡単に言うが、私にはそうは思えなかった。第一のテロの犯行声明には、医療の専門家が書いたと思えるふしがあったからだ。一部の医師や患者が勝ち組になっている現状に憤り、医療格差の拡大を激しく批判して、医療の負け組を救済する必要性を真摯に訴えていた。

医療の勝ち組と負け組が言われだしたのは、ここ数年のことである。二〇一〇年代の末から、日本の医療はセレブ向けの高級医療と、一般向けの標準医療に二分され、明らかな格差が発生した。背景となったのは、医療費の高騰である。

安全な医療には経費がかかる。安全で良質な医療は自《おの》ずと高額になり、それに連動して、保険料も値上がりした。公的医療保険の滞納世帯が三〇パーセントを超え、実質的な無保険者は二千万人に膨れ上がった。高額療養費の還付も、自己負担の上方改定が繰り返され、低所得者には救済の意味をなさなくなった。入院や手術は自己破産の危険を伴い、病院に行きたくても行けない人が急増した。そういう人々にとって、医療保険は意味がないので、保険料を滞納し、結果として無保険に転落する人が相次いだ。〝医療負け組〟の発生である。

彼らは十分な医療を受けられないだけでなく、医療による健康被害にもさらされた。ずさんな消毒が原因で、胃カメラの検査でＨＩＶ（ヒト免疫不全ウイルス＝通称エイズウイルス）に集団感染したり、治療費の安いヤミ病院で、未熟な外科医の練習台になって命を落としたりした。ほかにも、妊娠中に診察を受けなかった十代の女性が、陣痛がはじまっているのに入院を断られ、路上で出産したり、入院中に保険料の滞納で保険証が失効し、酸素吸入が必要で流動食しか摂《と》れない高齢者が、強制退院させられたりもしていた。

他方、政府の方針により「医療特区」が増え、混合診療枠が拡大して、外資や大企業が医療に参入した。医療のビジネス化がはじまり、富裕層をターゲットとした自由診療が横行した。富裕層は健康に投資するから、病気になりにくく、なっても早期に治療するから回復も早い。〝医療勝ち組〟の誕生である。

勝ち組と負け組の格差は患者ばかりでなく、医療者にも波及した。もともと日本は医療機関が多すぎ、人間ドックやメタボ健診で無理やり患者を増やしてようやく業界が成り立っていた。ところが、医療負け組が受診しなくなったため、経営難に陥る病院やクリニックが相次いだ。リストラされた医師やクリニックを手放した医師は、低額の外来診察や、当直のアルバイトをするしかなく、〝負け組医師〟と呼ばれるようになった。

その一方で、混合診療や自由診療で稼ぐ医師は、診療にホテル並の快適さや豪華さの付加価値をつけ、より高額な医療で破格の収入を得るようになった。〝勝ち組医師〟である。彼らは先行きの不安もなく、豊かな生活を楽しんでいた。昨夜、上野毛で襲われた医師も、相当ぜいたくな暮らしぶりだったようだ。

妻が不気味な色のジュースを飲み干し、眉をひそめる。

「恐ろしいわね。でも気をつけてよ。あなたも一応は、勝ち組医師なんだから」

私が勝ち組医師？　どうだろう。微妙なところだ。

私は五年前、浜川浩《はまかわひろ》の本名で、医事評論家としてデビューした。最初は医者と二足のわらじだったが、三年前、四十歳になったのを機に筆一本の生活に入った。医者の仕事をやめるのは不安だったが、幸い、と言っていいのかどうか、日本の医療破綻は深刻化する一方で、専門知識のある評論家は引く手あまただった。おかげでなんとかこのタワーマンションでの生活を維持している。

私が医事評論家になったのは、高校の同窓会がきっかけだった。大手出版社の編集部にいる友人に、医療格差の拡大予測をしゃべったら、おもしろいから文章にしろと言われた。総合雑誌で連載すると評判になり、記事をまとめた『自壊する日本医療』が、ちょっとしたベストセラーになった。

それまでは、世田谷医療センターで十二年、消化器内科医として働いた。ヒラの医員から医長、副部長へと順調に出世したが、ポストが上がるにつれて責任と雑用が増え、激務の割に収入の低い状態が続いた。毎月六回の当直、昼食を摂るひまもない外来、緊急呼び出し、紹介状や保険の書類書き、安全管理、クレーム対応。このままでは〝負け組勤務医〟になりかねないと危機感を募らせていたとき、評論家の口にありついたのだ。

パエリアを頬張りながら、日読ガゼットのページをめくると、医療面に別の大きな記事が出ていた。

『全医機《ぜんいき》新総裁　狩野万佐斗《かのうまさと》氏就任』

テレビで見慣れた顔が、満面の笑みで写っている。全医機とは「全日本医師機構」、全国三十二万人の医師のうち、約三分の二が加入している団体だ。

「おい、狩野は今度、全医機の総裁だってよ」

「すごいわね」

狩野は私の大学の同級生だ。大阪の裕福な開業医の息子で、医学生のころから目立つ存在だった。陽気で弁が立ち、さほどハンサムではないが、カリスマ性があり、いつも周囲に人が集まっていた。卒業後、何を思ったか、京都の法科大学院に入り、弁護士資格を取得した。そのあと、大阪の摂津《せっつ》市に狩野メディカルセンターを立ち上げ、地元の医師機構活動に積極的に参加した。

　病院運営の成功に加え、父親が全医機の有力理事だったこともあって、狩野は三年前、四十歳の若さで全医機の常任理事に抜擢《ばってき》された。さらには診療報酬を決める中医協の委員になり、政府との交渉で二期連続のプラス改定を勝ち取った。

　今回の総裁選でも、狩野はドラスティックな医療改革を訴え、全医機の存亡に危機感を抱く多数派の支持を得たと、新聞は報じていた。

「これで狩野の提唱するネオ医療構想は、ますます現実味を帯びるな」

「写真、出てるんでしょ。ちょっと見せて」

　妻がタブレットを要求する。写真は選挙ポスターにも使えそうな晴れやかな笑顔だ。

「狩野先生って若く見えるわね。三年前より若々しいくらい」

　彼が全医機の常任理事になったとき、私は妻とともに祝賀パーティに出席した。私も筆一本になった直後だったので、挨拶を兼ねて出向いたのだ。

　――常任理事就任おめでとう。同級生として、全力で支援させてもらうよ。

　――よろしく頼む。いっしょに日本の医療を改革していこう。

　狩野は学生時代と変わらない童顔をほころばせて、力強く応えた。

　常任理事に就任したあと、狩野はメディアに積極的に登場し、持ち前の愛嬌《あいきょう》と、弁護士ならではの鋭い舌鋒《ぜっぽう》で、日本の医療を改革する「ネオ医療構想」を声高に主張した。

それはひとことで言えば、優秀な医師による合理的な医療の実現である。

狩野はことあるごとに、メディアで自説を展開した。

『今や、医療格差は異常なほど広がり、みなさんの安心と安全を脅かしています。最大の問題は、医療費の出来高払い制度です。これは無能な医者が儲《もう》かるシステムなんです。一回の検査で診断できる医者よりも、二回、三回と検査しなければわからない医者のほうが収入が多いんだから。手術時間も入院期間も、下手な医者が長引かせば長引かすほど儲かるんです。おかしいでしょう。これからは優秀な医者が高報酬を得られるシステムに変えていきます。守旧派は抵抗するでしょうが、僕はひるみませんよ。一気に改革を断行してみせます』

有名人が好きな妻は、テレビで断定的にしゃべる狩野にすっかり魅了されていた。私も同級生の活躍はうれしい。狩野が日本の医療を改革するというなら、応援したい気持もある。ただ、彼は学生のころからやや単純なところがあり、医療の複雑な問題や、制度的な話は苦手だったはずだ。それが今や、日本の医療を根本から変えようというのだから、変われば変わるものだ。

「狩野先生って、いつまでも少年の心を忘れないって感じね」

妻は写真だけ見れば満足というように、タブレットを返してきた。窓越しに空を見上げて顔をしかめる。

「今日も鬱陶しい天気ね。朝だか夕方だかわかりゃしない」

分厚い雲に覆われた空は、街を押しつぶそうとしているかのようだった。

2

日曜日の午後は、私の貴重なリラックスタイムだ。

特別な予定がないかぎり、渋谷に出かける。円山町《まるやまちょう》のはずれにあるジャズ喫茶で時間を過ごすためだ。

『エディ』

知る人ぞ知る伝説のジャズ喫茶だ。マスターが高齢のため、今は週末しか営業していない。

ジュラルミン製の防音扉を開けると、大音量があふれ出す。店の奥には、木製の宇宙船のような巨大なスピーカーが鎮座している。ＪＢＬのパラゴンＤ４４０００モデル。愛好家なら震いつきたくなるようなスピーカーシステムの逸品だ。

間接照明の光が柔らかな空間に、小テーブルがゆったりと並べられている。曲は一九五〇年代のジャズが中心だ。使っている機材も渋い。真空管アンプに、フェルト付き大型ターンテーブルのプレーヤー。半世紀前に本場のラジオステーションで使われていたようなヴィンテージものだ。

マスターに目配せして、空いている席に座る。ネルドリップのコーヒーを注文し、その場で精算する。あとは思う存分、くつろいだ時間を楽しめばいい。

かかっていたのは、レッド・ガーランドの『When There Are Grey Skies』。哀愁とけだるさを帯びた旋律が流れる。豊潤なピアノの調べが、私を過去にひきもどす。浮かぶのは、二十年余り前、ジャズの魅力を教えてくれた男の神経質そうな横顔だ。

塙光志郎《はなわこうしろう》。

出会ったのは大学の入学式の直後だった。医学部のオリエンテーション会場で、ひとり超然と最後列に座っていた。周囲を寄せつけない雰囲気は、孤高と言えば聞こえはいいが、なんとなく同級生を軽侮する風情《ふぜい》だった。同級生たちも自尊心があるから、彼とは距離を置いていた。私もあえて近づこうとはしなかった。

塙は複雑な家庭の出らしく、入学当時は岡川《おかがわ》という姓だった。ところが、専門課程に上がる三年のとき、塙姓に変わって名列番号が私の前になった。解剖実習や実験でペアになる機会が増え、徐々に親しくなった。個性の強い彼には、私のような平凡な人間が接しやすかったのかもしれない。

塙は友だちは少なかったが、自治会の活動には熱心だった。ところがそれも三年の半ばでやめてしまった。上級生が自治会費を私的な飲み食いに流用したのを糾弾して、逆に追い出されたらしい。彼にはそういう正義感の強い一面があった。

出身は富山で、東京に対して妙な鬱屈を抱いていた。あるとき、上下を逆さに描いたような地図を持ってきて、私に言ったことがある。

――これは富山県が作った『環日本海諸国図』という地図だ。

日本海を中心に、うつぶせになったような日本列島が描かれていた。中国や韓国は下にへばりつくような位置にある。

――見方を変えると、地図もずいぶん印象が変わるね。

私はありきたりな感想しか言えなかった。塙は興奮したときのくせで、故郷訛《ふるさとなまり》を交えて反論した。

――東京の人間は自分らが日本の中心やと思うとるがやけど、日本海を中心に考えりゃ、東京なんて太平洋に突き出た辺境やちゃ。

――たしかにな……。

曖昧に応じると、塙はさらに苛立《いらだ》って続けた。

――僕はこの海を日本海と呼ぶのも釈然とせん。韓国北朝鮮やロシアにも接しとるがに、日本だけの海みたいに言うがちゃおかしいやろ。強い者《もん》が勝手に名前を決めるんは、生理的に反発を感じるがよ。

そんなことを言うなら、メキシコ湾だってペルシャ湾だって、インド洋だって同じじゃないかと思ったが、私は黙っていた。議論をはじめると、いつ暴発するかしれない危うさが、塙にはあったからだ。

そんな彼が、唯一、楽しそうにしゃべるのがジャズの話題だった。当時、吉祥寺《きちじょうじ》にあった『東蛮《とうばん》』というジャズ喫茶に、すごいスピーカーがあるから聴きに行こうと誘われた。冷蔵庫ほどもある本体に、大きなラッパ形のスピーカーを組み合わせたシステムだった。そのときはよくわからなかったが、塙の下宿で本棚にぎっしり詰まったLPレコードを聴かされたり、名盤と言われるレコードのCDを借りたりするうちに、私もすっかりジャズファンになってしまった。

私のお気に入りは、ニューヨークを中心とするイーストコースト・ジャズだ。ブルースの要素を取り入れた包み込むような演奏にはうっとりする。激務が続いていた病院勤めのころは、ジャズが唯一の息抜きであり、楽しみでもあった。

円山町のエディには、ここ五年ほど通っている。たまたまネットで見つけて訪ねたのだが、一回来てハマった。なにしろモダンジャズの黄金期を迎えた当時の曲を、当時の音で聴けるのだから。

私は座り心地のいい椅子に身体《からだ》を預け、音楽に身を任す。

レコードはヴィト・プライスの『swingin' the LOOP』に替わっていた。アップテンポな演奏に心を奪われる。パワフルで渋いテナーに、軽快なドラムとベースが絡む。こうしてのんびりしていられるのも、評論の仕事が順調なおかげだろう。

――あなたも一応は、勝ち組医師なんだから。

妻の台詞《せりふ》が揶揄《やゆ》ともつかず、胸をかすめる。

そう言えばあのころ、塙は医学生にしてすでに今の状況を予見していたところがあった。新聞やテレビの情報に敏感で、政府が株式会社の医療参入を検討しはじめたとき、吐き捨てるように言ったのだ。

――こんなことしとったら、今に医療格差が広がって、日本の医療が荒廃してしまう。

当時は「医療破綻」という言葉さえなかった時代だ。それが十数年前から医療状況が悪化し、公立病院の閉鎖、患者のたらいまわし、地域医療の崩壊などが相次いだ。さらには日本が世界に誇っていた国民皆保険制度が実質的に破綻し、世間は少数の医療勝ち組と、大量の医療負け組に分断された。

医師を取り巻く環境も大きく変わった。以前なら、医師になれば生活は安泰だったが、今は下手をするとリストラされるし、開業資金のローンが焦げつき、自己破産せざるを得ない者もいる。時代の流れと言えばそれまでだが、問題は勝ち組と負け組の分かれ目が、必ずしも医師としての優劣によらないことだ。いくら優秀でも、患者を集められなければ負け組になるし、医師として凡庸でも、口がうまくて商売上手な者は勝ち組にのし上がれる。勢い、勝ち組の医師たちは高慢になり、生活も派手になる。そんな勝ち組医師の思い上がりが、世間の反感を買い、昨年来の〝勝ち組医師テロ〟につながったという論調もないではない。

他人事《ひとごと》のように分析しているが、私もいつ負け組に転落するかしれない。評論の仕事がなくなれば、医師としてやり直す自信はまるでないのだから……。

レコードはいつの間にか、バーバラ・リーの『A WOMAN IN LOVE』に替わっていた。目を閉じて音に浸る。ゆったりと包み込むような声、細やかなビブラート。心地よい眠気に誘われ、真綿にくるまれたような意識で思う。この至福をいつまでも、と。

3

数日後、日読ガゼットに狩野の特集記事が掲載された。

『全医機新総裁　狩野万佐斗氏に聞く』

これまでの狩野の活躍ぶりと、今後の展望を詳しく報じた記事だ。

目を惹《ひ》くのは、超アップの狩野の写真だ。自信に満ちた表情で、読者に語りかけるように右手を挙げている。見出しに掲げられたスローガンは、『ラジカル（過激な）・リセット』。その具体的な方策を、狩野は「ネオ医療構想」と呼んでいた。

『今の日本の医療は、患者さんのためになってないんですよ。それなのに国の医療費は四十五兆円を超える勢いです。なぜこんな高額になったのか。それは無駄な医療をやっているからです』

狩野の主張は理路整然としている。国の医療費は下げなければならない。しかし、良質な医療には経費がかかる。この二律背反は、無駄な医療をやめれば両立できるというのだ。

『無駄な医療はだれがやっているか。それは無能な医者ですよ。必要な医療をきちんと見極められない医者がやってるんです。それと、金儲け医者。やればやるだけ儲かる出来高払い制度を悪用して、「念のため」という便利な言葉を使って、〝無能な金儲け医者〟が、無駄な医療を垂れ流してるんです』

わかりやすい敵を作って、徹底的に攻撃する。それが狩野のやり方だ。彼は具体的な〝敵〟を明示する。

『〝無能な金儲け医者〟の見分け方は簡単です。単なる風邪に抗生物質を処方したり、不要なインフルエンザワクチンを接種したり、副作用ばかりの抗がん剤を使う医者です。メタボ健診で健康な人に薬をのませたり、お年寄りに山ほど薬を出す医者も同罪です』

狩野がイメージしているのは、守旧派と呼ばれるシニアの医師たちだ。彼らはたしかに根拠のない旧来の医療を行っている。ウイルスが原因の風邪には抗生物質は効かないし、インフルエンザワクチンも在宅で療養中の高齢者などにはまず必要ない。一部の抗がん剤が患者の寿命を縮めているのも事実だ。

しかし、若手の中にも、似たような医療をしている医師は少なくない。そういう医師を敵にまわさないため、狩野は巧妙な逃げ道を用意していた。

『現場には有能な医者もたくさんいます。彼らがなぜ無駄な医療をするか。それは医療システムが悪いからですよ。日本の医療制度が、どうしようもなく不合理で時代遅れだからです』

だから、「ラジカル・リセット」が必要だと論を進める。

話の流れから、〝有能な医者〟は自ずと狩野の主張に賛成するだろうし、反対すれば〝無能な金儲け医者〟と見なされかねない。そういう空気を広めることで、多数派工作を進めるのが彼の戦略である。

狩野はさらに過激な改革案を提示する。

『優秀な医者が良質な医療を提供するなら、当然、報酬面でも優遇されなければなりません。しかし、医者が高収入になれば、医療費も増大します。この矛盾をどう解決するのか。答えは簡単です。優秀でない医者を淘汰《とうた》すればいいんです』

そんなことができるのかと思うが、これにも狩野は答えを用意していた。

『ネオ医療構想では、医師免許を更新制にします。医者のレベルを国民に保証するためです。一度、国家試験に通っただけで、一生、医者の資格があるなんておかしいでしょう』

これもシニアの医師にとっては、受け入れがたい提案のはずだ。しかし、世間は歓迎するだろう。医師免許の更新制に賛成か、反対か。それは一種の踏み絵になる。反対する医師は、更新する自信がないのかと突っ込まれるからだ。

狩野のやり方に、私は舌を巻く思いだった。

それからしばらくして、狩野はテレビの討論番組で、「大学病院会」の会長と対談をした。「大学病院会」は、全国の大学病院の院長で作る協議会で、大学病院のあり方などを決める団体だ。私は医事評論家として、狩野が大学病院にどういう主張をするのかに注目した。

司会のアナウンサーが二人を紹介すると、白髪頭の会長は、老獪《ろうかい》な口調でいきなり辛《しん》辣《らつ》な批判を浴びせた。

『狩野先生は、全医機の総裁権限をこれまで以上に強力にしつつあるとお聞きしていますが、権限の集中は、独裁的と誤解されませんか』

狩野は不敵な笑みで応じた。

『独裁、けっこうじゃないですか。僕は民主主義はもう限界だと見てるんです。〝民〟が〝主〟だなんて言っても、結局は利己主義か無関心のどちらかでしょう。大局的な見方ができる〝民〟なんて、ほとんどいませんよ。それなら、公平で有能なリーダーが決断するほうが、よほど効率がいい』

『はっはっは。さすがは噂《うわさ》通りアグレッシブなご発言ですな。しかし、改革を急ぐと言ったって、拙速ということもあるでしょう』

会長は狩野の発言をのらりくらりとかわした。狩野は相手の逃げ道を封じるように、本丸に攻め込んだ。

『大学病院だって重大な問題を抱えていますよ。アカデミズムに重きを置いている医者が、研究の片手間に治療をやっているのが今の大学病院でしょう。教授は論文重視で診療経験が十分でないから、外科の教授は手術が下手だし、内科の教授も診断レベルは開業医より低い』

会長の頬が引きつる。狩野の指摘が当たらずといえども遠からずだからだ。狩野はさらに攻める。

『だったら、治療は一般の病院に任せて、大学病院は治療のむずかしい患者を集めて、研究に特化すればいいんですよ』

『君は、大学病院を人体実験場にしようと言うのかね』

『今だってそうじゃないですか。治験とか臨床試験とか言ってますが、実態は人体実験でしょう。ごまかしたってダメです。きれい事はやめてもっと現実を直視しましょうよ』

『何ということを。話にならん』

会長が憤然として顔を背けた。司会のアナウンサーが慌てて割って入る。

『狩野先生のご意見もごもっともですが、もう少し表現を和らげていただくと、視聴者のみなさんにも理解しやすくなるのではありませんか』

『それがきれい事だと言うんです』

狩野はアナウンサーにも嚙《か》みつく。『いくら表現を変えたって、ダメなものはダメだし、卑劣なものは卑劣です。治験は人体実験だし、大学病院の教授はまともな診療ができない。それを隠すから、現実が見えなくなるんです』

テレビの中でエキサイトする狩野を見て、横にいた妻がうれしそうに言った。

「狩野先生、相変わらず過激ね。議論ではぜったいに負けないものね」

「でも、ちょっと攻撃的すぎるんじゃないか」

「若い人にはあのほうがウケるのよ。もっとやれーって感じで」

そうだろうか。私はとても妻のように楽観できなかった。今にはじまったことではないが、狩野は敵を作りすぎる。これではいつどこから攻撃を受けないともかぎらない。

そう危ぶんでいたら、数日後、私の懸念は現実になった。狩野を名指しした脅迫文が届いたのだ。日読ガゼットは次のように報じていた。

『狩野総裁に脅迫状　〝勝ち組医師テロ〟に関連か』

脅迫状に、『豚ニ死ヲ』の文言が使われているらしかった。

4

狩野宛の脅迫状は全医機の本部事務局に届いた。
担当者が開封すると、脅迫状とカミソリの刃が出てきたそうだ。脅迫状はパソコンで印刷され、さらに何度かコピーを重ねたものらしかった。その内容が「週刊現日《げんじつ》」にスクープされた。

『患者ノ敵　狩野万佐斗ニ　告グ
オマエハ　医療資本主義ノ　豚ダ
患者ヲ　切リ捨テル　医療ハ　許サナイゾ
オマエノ　ヤロウトシテイルコトハ　医療ノ　破壊ダ
金持チ優遇ノ　利権医療ダ
医療勝チ組ダケ　助カレバ　イイノカ
オマエノ　独裁ハ　許サナイ
天ハ　オマエニ　必ズ　天罰ヲ　下ス
…………

悔イ改メロ
サモナケレバ　家族モ　全員　皆殺シダ
豚ニ死ヲ』
差出人は明らかになっておらず、過去の事件との関連も不明だった。
「週刊現日」には、脅迫状に対する狩野のコメントも出ていた。
『こんな脅迫状で僕が恐れをなすとでも思ってるんでしょうかね。アホらしい。だいたい内容が幼稚でしょう。「天ハ……天罰ヲ　下ス」なんて、子どもかってツッコミたくなる。「全員　皆殺シダ」も言葉がかぶってるし。書いたヤツはバカですね。知性のない偏執狂ですよ』
家族にも危害が及ぶようだがと聞かれた狩野は、激しい怒りをぶちまけた。
『僕は独身だから、家族って親のことですか。親父《おやじ》はこんな脅迫状、笑い飛ばしてますよ。よっぽど低能なヤツが書いたんだなって。でも、お袋は女だから気にしてます。それだけでも許せない。卑怯《ひきょう》にもほどがある』
週刊誌だけでなく、スポーツ新聞も狩野の反論を大きく採り上げた。
日刊プレイヤーには、『殺せるものなら殺してみろ!!　狩野総裁吠《ほ》える』との見出しで、眉間に深い皺《しわ》を寄せる狩野のカラー写真とともに、次の発言が掲載されていた。

『脅迫状を送ったヤツに言ってやりたい。僕は逃げも隠れもしない。正々堂々と顔を見せろ。犯人はルサンチマンに毒された嫉妬人間。「独裁ハ　許サナイ」とか言いながら、自分では何もできないくせに、市民の味方ヅラをするな。頭の悪い不満分子。自分の不遇を他人のせいにして、鬱屈してる似非《えせ》テロリスト。サルにも劣る野良犬野郎』

これらの記事を読み、私は、狩野の反論が激しすぎることに眉をひそめた。あまり暴言が過ぎると、狩野の品位を落としてしまうのではないか。

しかし、世間の反応はちがった。『狩野先生、頑張って』『脅迫状なんかに負けないで』『あなたは日本医療の希望の星です』などの、応援メールやツイートが殺到し、その数は一週間で千五百件を超えたとのことだ。

狩野はテロの標的になったおかげで世間の同情を買い、警察の警護やSPも断って、勇気あるリーダーのイメージを演出することにも成功した。メディアでの発言は、次第にネオ医療構想にシフトし、自らの考えを世間に広める効果も生み出した。

結局、狩野は脅迫状を逆手にとって、一大プロパガンダを成功させたことになる。脅迫状を送った犯人はさぞかし悔しい思いをしていることだろう。これではまるで狩野の人気を高めるために、脅迫状を送ったようなものだから。

5

土曜日の午後七時前、私は地下鉄を降り、銀座五丁目のクイーンズオーキッドビルに向かっていた。

創陵《そうりよう》大学の同級生だった安達賢一《あだちけんいち》から、高級中華料理店『萬梅門《まんめいもん》』に呼び出されたからだ。

数日前、こんなメールが届いた。

『このたび、狩野先生の全医機総裁の就任を祝って、大々的に祝賀会を開きたく思っています。ついては、大学時代の同級生で準備委員会を発足させたいので、浜川先生にもぜひご出席を賜りたい』

いくら立場がちがうとはいえ、同級生に先生づけで書いてくるのは、いかにも慇懃《いんぎん》な安達らしい。彼は学生時代から愛想はよかったが、常に何か下心がありそうで、私はあまりいい印象を持っていなかった。経歴は我々とは異なり、卒業後にいくつか資格を取って、福祉系の大学を渡り歩いたあと、七年ほど前に首都保健大学の特任教授になった。その傍ら、全医機の事務局にも関わっていたと聞いている。むかしから狩野の腰巾着のようなヤツだったから、祝賀会の準備委員長も自ら買って出たのだろう。

メールに書かれた参加予定者を見て、私は複雑な心境になった。同級生の中でも特別に活躍している者ばかりだったからだ。若くして母校の教授になった神経内科医の林信司《はやししんじ》、「ネイチャー」や「ランセット」に何本も論文を掲載している病理学者の宮沢《みやざわ》あかね、レーザー治療の自由診療で成功して、美容関連のベンチャーを立ち上げた形成外科医の豊田理《とよだおさむ》、そして、将来は国会議員を目指しているという厚労省のキャリア技官の城之内恭一《じょうのうちきょういち》。いわば「勝ち組中の勝ち組」ばかりを集めた形だった。そんな中になぜ私を入れたのか。大方、メディア関連での協力を当て込んでのことだろう。あざとい安達が考えそうなことだと不快だったが、活躍している同級生と会うのは楽しみと言えば楽しみだった。

萬梅門の入口で予約を告げると、タキシード姿のウェイターが個室に案内してくれた。

「これはこれは浜川先生。ようこそ。これで全員そろいましたね」

安達が軽薄な司会者のような口調で言った。久しぶりに会う彼は、相変わらず細身の長身で、下げた眉や神経質そうな眉間の皺は学生時代から変わっていなかった。

「まずは乾杯といきましょう。狩野先生の全医機総裁の就任を祝う会の準備委員会の発足を祝って、乾杯！」

長たらしい発声に全員が唱和する。そのあとで出席者が口々に狩野を称賛した。

「狩野はすごいな。この若さで全医機のトップなんだから」

「彼は学生のときから優秀だったもの」

「あいつは人たらしなんだよ。だから全医機のお偉方にも気に入られる」

他意なくほめるのは、それぞれの余裕の表れか。

「ところで、例の〝勝ち組医師テロ〟の脅迫状はどうなった」

若手教授の林が安達に聞いた。林は学生時代から秀才の誉れが高く、しゃべるたびに縁なし眼鏡がキラリと光るところは、いかにもアカデミックな切れ者を思わせる。

「あれから動きはないみたいだ」と安達が答えると、病理学者の宮沢が言った。

「でも狩野君は、あれでずいぶん世間に顔を売ったんじゃない。連日、テレビに出てたもの」

彼女は小柄でやせているが、秀でた額と細いキツネ目は冷徹で、おぞましい病理解剖にも眉ひとつ動かさないという感じだ。

続いて口を開いたレーザー治療長者の豊田は、派手なスーツに身を包み、ややもすれば成金趣味に見えるが、計算高いだけでなくヨミの深さには定評がある。

「狩野は警察の警護も断って、勇気ある改革者ってイメージだな。脅迫状で逆に人気を高めたんじゃないか」

だれしも考えることは同じだなと思っていると、医者よりエリート官僚が板についているキャリア技官の城之内が、冗談めかして発言をした。

「あの脅迫状、実は狩野の自作自演だったりして」

その場の空気がさっと変わり、安達の顔が強《こわ》ばった。

「そんなわけないだろ。見破られたら逆に信用はがた落ちになるんだから。狩野先生がそんな危ない橋を渡るはずないよ」

むきになって反論する安達を、城之内が渋い顔でたしなめた。

「元同級生に先生はいらんよ。他人行儀だろ」

「いいじゃないか。敬意を表してるんだよ。へへへ」

安達は卑屈に笑った。

料理が運ばれてきたところで、安達が話題を変えた。

「実は今度、僕は全医機の事務局長に内定したんだ。このところ全医機の仕事をメインにしてたからね」

「お前も頑張ってるじゃないか」

林が半ば皮肉るように感心すると、安達は自嘲的な笑みを浮かべて言った。

「狩野先生との関係があってのことさ。そこでひとつ提案なんだけど、同級生の医師グループでブレーンになって、狩野先生を盛り立ててもらえないだろうか」

「いいな。協力するよ」

「賛成。わたしたちにとっても、名誉なことだわ」

豊田と宮沢が即答する。

「しかし、具体的にはどうすればいいんだ」

城之内が聞くと、安達は出席者を見渡して答えた。

「それぞれの分野で支援してくれればいいんだ。君なら厚労省や政界との調整、林教授と宮沢先生は、大学関係の根まわしや意思統一、自由診療で著名な患者が多い豊田先生は、その人脈を生かして支援を広げられるだろう。浜川先生なら、狩野先生の応援になるような評論を書いてもらえるとありがたい」

やっぱりそうかと、私は納得した。

彼は続けて重大な秘密を告げるかのように声をひそめた。

「実は今、狩野先生が提唱するネオ医療構想で、好ましからざる医師の淘汰を計画してる。詳細は極秘だが、最終的には医師の数を約半分に減らす予定だ。医師を少数のエリート集団にして、医療費を増やさず高収入を確保する方策を考えている」

一同が戸惑いの表情を浮かべる。わずかな沈黙のあと、林が聞いた。

「医師数を半分にして、現場はまわるのか」

「大丈夫さ。無駄な医療を削り、単純作業と雑用を看護師や技師にさせればな」

城之内が冷ややかに続く。

「好ましからざる医師を淘汰するのはいいが、その選別はどうするんだ。簡単にはいかないだろう」

「ひとつの方法は、狩野先生が提言している医師免許の更新制だ」

「それは厚労省が長年画策して、実現しなかった案件だぞ。更新内容の妥当性やら、事務手続きの煩雑さやら、問題が山積みだ。医師からも猛烈な反発が起こるだろう」

「わかってる。この制度で免許を失う医師が多いようじゃ、全医機でも受け入れられないからな。狩野先生は医師免許の更新で、医師の二階級構想を考えている」

二階級構想？　耳慣れない言葉に一同が顔を見合わせる。安達が自信満々のようすで説明した。

「優秀な医師を『特医』とし、凡庸な医師を『標準医』にして二分する計画だよ。運転免許でも、普通とか大型特殊とかあるのに、医師免許が一種類なのはおかしいだろう。『特医』とは、専門性の高い優秀な医師を指す。いわゆる勝ち組医師のことだ。『勝ち組』という呼び名は反発を買いやすいから、そのイメージを払拭し、真に患者を救う特別な医師であることを印象づけるのが狩野先生のもくろみだ」

「じゃあ『標準医』というのは、レベルの低い医師ということか」

「その通り。不勉強なロートル医者や、能力の低い二流の医師がそうなるだろう。医師免許は取り上げないが、実質的には看護師でもできるような診療しかさせない。待遇も看護師並にする。そうすることで無能な医師が食いつぶしていた医療費が削減できるだろう」

たしかに軽症やありふれた病気に、特別な診療技術はいらない。それを「標準医」に任せて、看護師並の人件費にすれば、実質的な医師淘汰になる。

「狩野先生はこの選別を、全医機の専権事項にするつもりなんだ」

「そうなれば、全医機は医師の生殺与奪権を握ったも同然ね」

「でも、世間が受け入れるかい」

宮沢のあとに豊田が疑問を呈すると、安達は余裕の笑みで答えた。

「もちろん、狩野先生は戦略を考えてる。世論を誘導することさ。世間の空気が動けば、マスコミも動く。それが正義となって反対できない状況ができあがる。そうなれば、あとは意のままだ」

「だけど、どうやって世論を誘導するのよ」

「〝敵〟を仕立てるのさ。スケープゴートを投げ入れてやれば、大衆は狂喜して攻撃する」

「医師の中から大衆の生《い》け贄《にえ》になりそうな〝敵〟を作るってわけだな。たとえば、この前言っていた〝無能な金儲け医者〟みたいなレッテルを貼って」

城之内が会議慣れした官僚の面持ちでうなずく。続いて豊田が飄々《ひょうひょう》とした調子で続ける。

「狩野が大衆の側に立って糾弾すれば、大衆は大喜びするってわけか」

「その通り。世間はできの悪い医者が高収入を得ることにムカついているんだ。狩野先生がその不合理を糺《ただ》すヒーローになる。世間がヒステリックになれば、冷静な議論はふっ飛び、あとは我々の主張が無批判に受け入れられるってことだよ」

いったいこの集まりは何だ。祝賀会の準備委員会と言いながら、まるで陰謀を巡らせる秘密結社のようではないか。

黙っていると、安達が妙に気遣うように声をかけてきた。

「浜川先生はどう思う、狩野先生の考え」

私はひと呼吸置いてから、率直な気持を述べた。

「評論の仕事をしてると、世間の空気は気になるが、風向きは簡単には思い通りにならない。それに医療はもっと地道な営為じゃないか。目の前の患者を大事にすることからはじまると思うが」

何をピントのズレたことを言うのかという目が、みんなから注がれた。安達が慌てて取りなすように言う。

「さすがは医事評論家だけのことはある。たしかに医者の本分は、目の前の患者を最優先することだよな」

とってつけたような台詞に、全員がキツネにつままれたような顔になった。周囲に同調しない私を、なぜ安達がかばうのか。

そのあとは料理と酒が進み、互いの活躍ぶりをほめ合う話題が続いた。私はほとんど聞き役だったが、彼らの会話には成功者特有の高慢さを感じずにはいられなかった。医療の話なのに患者は不在で、現場で苦労している医師たちを凡庸だとか無能だと蔑む空気が濃厚だった。そんな彼らを見ながら、〝勝ち組医師テロ〟の引き金となったのは、やはり彼らのようなエリート医師の無自覚な驕《おご》りではないかと、思わずにはいられなかった。

6

狩野万佐斗の全医機総裁就任の祝賀パーティは、一千名近い出席者で賑《にぎ》わっていた。会場は、帝都ホテルの大宴会場「鳳凰《ほうおう》の間」。

首相をはじめ、厚生労働大臣ら来賓の祝辞が終わると、乾杯に引き続き、歓談がはじまった。私は会場の隅に立ち、狩野のようすを眺めていた。自信に満ちた笑顔、来賓と握手を交わす機敏な動き。テレビで見慣れた狩野万佐斗そのものの闊達《かったつ》さだ。

さっきまでの沈鬱で、心細げだった狩野とはまったくちがう。まるで別人格の狩野が二人いるかのような変貌ぶりだ。控え室にいたときの彼の姿を思い浮かべ、私は今さらながらあきれた。

……………

パーティ開始の三時間前。いくら準備委員でも早すぎる集合だと思いながら、本館三階の「鳳凰の間」に到着すると、来ていたのは安達だけだった。

「早くに呼び出して申し訳ない。狩野総裁が浜川先生に折り入って話したいことがあると言っていてね」

安達は全医機の事務局長に就任してから、狩野を〝総裁〟と呼ぶようになっていた。スイートルームの控え室に案内されると、待っていたのは不安に青ざめ、髪の毛さえしおれた感じの狩野だった。

「よく来てくれた」

すでにパーティ用のタキシード姿の狩野が、弱々しい笑みを浮かべた。

「今日はおめでとう。祝福するよ。三年前の常任理事就任のパーティ以来だね」

「そう言えば、浜川先生とはパーティばかりで会うみたいだな」

彼も私を先生づけで呼んだが、これは偉くなったが故の儀礼のようだった。勧められてソファに座ると、安達が従僕のように狩野の後ろに控えた。

テーブルに「週刊現日」の古い号が置かれている。狩野への脅迫状のスクープ記事が出た号だ。なぜこんなものがと目を留めると、狩野が落ち着かないようすで口を開いた。

「僕に脅迫状が届いたことは知ってるだろ。脅迫文の最後に一連の勝ち組医師テロと同じメッセージが書かれてた。浜川先生は何か思い当たることはないかい」

「『豚ニ死ヲ』ってあれかい」

「ああ」

「わからないが」

さして考えもせずに答えると、狩野は後ろの安達を振り返った。安達は狩野の耳元で声を低めた。

「あのビラは、結局、ばらまかれなかったから」

「ああ……」

何のことかと目顔で問うと、安達が思いがけない名前を出した。

「塙が作っていたビラだよ」

ジャズ好きの塙がいったい何の関係があるのか。違和感はそれだけではない。いつも同級生の医師を先生づけで呼ぶ安達が、塙を呼び捨てにしたのだ。

戸惑っていると、狩野が改まった調子であとを継いだ。

「浜川先生は覚えてないかな。僕らが大学五年のとき、代謝内科の藤木《ふじき》教授が研究費を不正に流用した事件があっただろう。ちょうど二十年前だ。学内で問題になったけれど、藤木は有力教授だったから、二週間の停職と減俸三カ月という軽い処分で終わってしまった。それを塙君が許せないと怒って、もっと厳正な処分を下すべきだと主張していた」

「そう言えば、あったかも」

話を合わせたが、ほとんど記憶になかった。私は完全なノンポリで、教授の不正問題などに興味はなかったからだ。

安達が不愉快なことを思い出すように続けた。

「あのころ、医学部に『現代医療研究部』というややこしいサークルがあっただろう。通称『現医研』。塙が部長を務めていた。狩野総裁も僕も興味を持ってたんだ。将来性があるなら参加してもいいいと思ってね。それで二人で部室に行ったら、塙が籐木教授を批判しはじめたんだ。主張はわからんでもないが、まるで学生運動のアジテーターみたいだった。いかにも正義感に酔ってる感じでね。部室の隅で保健学科の下級生が、手書きのビラをコピーしていた。塙が作ったビラだ。その檄文《げきぶん》に、『豚に死を』と大書してあったんだ」

「それは知らなかったよ」

私は少しおどけた感じで肩をすくめた。その場の空気を和らげようとしたのだが、二人は表情を変えなかった。

安達は狩野の顔色をうかがいながら当時を回想した。

「あのとき、塙は学生ストライキを画策していた。その動きが大学側に洩《も》れて、逆に彼のほうが厳重注意を受けた。学内での過激な政治活動は禁じられていたからな。当然、ビラも廃棄された。しかし、そのあとも塙は大学側の対応を強く批判していたんだ」

私は改めて狩野に聞いた。

「それで君への脅迫状も、彼が書いたと言うのかい」

黙ってうなずく。私はあきれてわざと大袈裟《おおげさ》に聞いてみた。

「じゃあ、一連の〝勝ち組医師テロ〟もすべて塙が関わっているとでも言うのかい」

「たぶん」

「可能性はあると思う」

二人がほぼ同時に肯定したので、思わず失笑した。

「ちょっと待てよ。いくら檄文のフレーズが同じだからって、単なる偶然だろう。『豚に死を』なんてありふれた言葉だし、そもそもどうして塙が狩野に脅迫状を書いたりしなきゃならないんだ」

狩野と安達が意味ありげに顔を見合わせる。私はバカバカしくなって天井を仰いだ。

「そんなに疑うんなら、本人に聞けばいいじゃないか。同級生なんだから」

狩野が深刻な顔で首を振った。

「塙君は今どこにいるかわからないんだ。行方不明なんだよ。全医機の調査部にも調べさせたが、消息がつかめない。厚労省に問い合わせたら、保険医登録が抹消されているらしい。だから、医者をやってるかどうかもわからない」

「まさか」

信じられなかったが、安達は狩野に同調するように言った。

「もともと変わったヤツだっただろう。大学の医局にも入らず、はじめから一匹狼みたいだったようだし」

たしかに、塙は大学を卒業後、医局には所属せず、特定医療法人の「神越会《しんえつかい》」系列の病院で研修をはじめた。神越会は民間の団体で、病院の都市部集中に反対し、全国の過疎地域や離島を中心に病院を展開する医療組織だ。最初は新潟かどこかの病院に行ったはずだが、その後どうなったかは知らなかった。

「全医機の調査部によれば、十年前までは沖縄の神越会病院にいたようだ。そのあと、奄美大島《あまみおおしま》の神越会病院に移ったことがわかっている。内科医長だったが、三年前に上層部と衝突して、病院をやめたらしい。それから行方がわからなくなった。そこで浜川先生に折り入って頼みがあるんだが」

狩野はわずかに言い淀《よど》み、ひとつ咳払《せきばら》いをした。

「君は学生時代に塙君と親しかっただろう。彼の居場所を調べてほしいんだ。できれば脅迫状の真意を聞き出してもらいたい」

「本気で塙が脅迫状を書いたと思ってるのか。冗談だろ。よしんば彼が犯人だとしても、あんなもの放っておけばいいじゃないか、ただのいやがらせかもしれないんだから」

私は脅迫状の内容を思い出して片手を振った。ところが狩野は私を見つめ、身内の恥をさらすとでもいうように表情を歪《ゆが》めた。

「そうはいかないんだ。実は、記事の脅迫文は一部を伏せてある」

狩野が目で合図をすると、安達が素早くスクープのページを開いた。

「脅迫状は警察に届けたが、その前にこちらでもコピーしておいた。それを切り貼りして、安達君が週刊誌にリークしたんだ。僕の宣伝に利用できると思ってね。『週刊現日』の編集部は切り貼りを見抜いて、全医機の事務局に問い合わせてきた。もちろん答えなかったが、編集部はその部分に点々を入れた。脅迫状の現物のコピーはこれだ」

狩野はアタッシェケースの鍵を開け、ファイルから一枚の紙を取り出した。A4サイズにパソコンの文字が並んでいる。記事で「………」になっている部分に、次の二行が書かれていた。

『オマエガ　殺シタ　看護師ノ
恨ミヲ　晴ラシテ　ヤル』

顔を上げると、狩野はため息まじりに首を振った。

「もちろん、根も葉もないでっち上げだ。だから無視することもできるが、僕は今、全医機の総裁に就任して、日本の医療改革を推し進めていく立場にある。いくら事実無根でも妙な噂が流れると困るんだ」

それはたしかにそうだろう。しかし、ほんとうに脅迫状は塙が書いたのか。

「もう一度、聞くが、塙が疑わしいのは、『豚ニ死ヲ』というフレーズのせいだけなのか。ほかにも思い当たることがあるのか」

「それは微妙なんだが、学生時代にトラブルというか、いざこざみたいなものがあるにはあった。もう時効だと思うんだが……」

狩野は苦渋の表情で説明した。

教養課程の二年まで、塙は岡川姓だったので、狩野とは名列番号が近く、体育や語学でいっしょになることが多かったらしい。狩野は社交家で、塙にも分け隔てなく話しかけた。しかし、塙は打ち解けなかったそうだ。それどころか、何となく狩野を見下すような雰囲気があった。それで狩野もつい意地悪な気持になり、こう聞いた。

――このクラスは医者の子弟が多いね。僕のところもそうだけど、君の家も医者なの。

――ちがう。

塙が答えると、さらに訊《たず》ねた。

——じゃあ、親父さんは何をしてるの。

——……父親はいない。

——亡くなったの。

塙が首を振る。

——じゃあ、ご両親は離婚したのか。

さらに首を振る。そこで狩野はあっけらかんと言った。

——そうか、君のお袋さんはいわゆるお妾《めかけ》さんか。

塙は婚外子だったのだ。狩野はそのことをあらかじめ知っていて、わざと神経を逆なでするようなことを言ったらしい。塙は怒りと屈辱の形相でにらみ、それ以来、狩野に近づこうとしなくなったという。

「そんな古いこと、もう忘れてるだろう」

「いや。覚えてると思う。彼は一生恨んでやるって顔をしてたから」

狩野がうなだれると、安達が後ろから私に話を振った。

「浜川先生は専門課程に上がってから、塙と親しかっただろ。そんな話を聞かなかったか」

「まったく聞いてない」

「そうか。じゃあ、総裁の考えすぎなのかもしれないな」

安達は気遣うように言ったが、狩野は不安を拭いきれない表情だった。

……………

その狩野が、祝賀会では満面の笑みでお歴々に応対している。日本の医療をドラスティックに改革し、理想の実現に燃える若きリーダーそのものだ。

彼の変貌には落差がありすぎだった。ふつうの精神状態では考えられない。三時間前の不安とおののきから、一転、自信に満ち、壮大なビジョンを語る政治家になっている。医療改革の話になると、狩野は憑《つ》かれたように情熱的になる。彼を突き動かすエネルギーの源泉はいったい何なのか。

きらびやかなライトを浴びる闊達な姿に、私は腑《ふ》に落ちないものを感じざるを得なかった。

7

狩野のパーティが終わった二日後の日曜日、私はエディでパラゴンの大音量に包まれていた。

塙の消息を調べてくれと頼まれたものの、私とて特別な情報網があるわけではない。とりあえず調べたのは、医学部の学友会名簿だ。五年ごとに更新される名簿で、最新のものは二年前の版だった。「塙光志郎」の項は、勤務先、連絡先ともに空欄になっていた。

その前の版、すなわち七年前の名簿を見ると、勤務先は「奄美神越会病院内科」となっている。住所は「奄美神越会病院気付」だ。おそらく医師用の寮に住んでいたのだろう。寮には家族用もあるはずだが、なんとなく塙は独身のような気がした。孤独が好きで、偏屈なところもある彼のことだから、結婚はむずかしいように思えたのだ。それ以前の名簿は、すでに学友会事務局に返送して手元になかった。

狩野と安達が話していた二十年前の藤木教授のスキャンダルは、塙からも聞いたことがなかった。大学五年の後半には国家試験の準備がはじまり、そのころはもういっしょにジャズ喫茶に行くことも少なくなっていたのだと思う。

六年の秋に卒業試験がはじまると、講義はなくなり、同級生が顔を合わせるのは各科の試験のときだけになった。国試対策の集まりはあったが、それに出てこない塙は、ほとんどだれとも会っていなかったのではないか。

国家試験に合格すると、研修医としての勤務がはじまる。当時はまだ医局制度が機能していて、大半の卒業生はどこかの医局に所属し、大学病院で研修をした。私は消化器内科の医局に入ったが、塙は入局せず、神越会系の病院で研修する道を選んだ。その後、連絡を取り合うこともなく、年月がすぎてしまった。

改めて考えると、私が塙と親しかったのは、大学の三年から五年の後半までの二年半ほどだったということになる。

気がつくとレコードの演奏が終わり、スピーカーからスクラッチノイズだけが流れていた。マスターがプレーヤーに近づき、レコードを替える。ジョン・ルイスの『The John Lewis Piano』だ。一音ずつていねいに置くような演奏が胸にしみる。

この曲も塙といっしょに聴いた覚えがある。同じジャズでも、彼はこういう沈鬱な曲が好きだった。

塙は外見からして暗く、いつもどこか悲しげだった。口数は少なく、笑うこともめったにない。そんな彼が、ジャズを語るときだけ熱くなった。当然、盛んに富山弁が混じる。

――ジャズはクラシックなんかとちごうて、狭い空間でプレーヤーと向き合うようにして聴くもんながやぞ。音を浴びるがみたいにして。

方言でしゃべる塙は、虚無的な容貌に似合わず素朴な人間味を感じさせた。彼はオーディオにも詳しく、下宿に真空管のアンプとモノラルスピーカーを置いていた。

――一九五〇年代は、モノラル録音とステレオ録音が併存しはじめた時代やった。ステレオ録音はまだ開発途上で、モノラル録音はほぼ完成の域に達しとったがやけど、当時の最高の技術で録音されたレコードは、やっぱり真空管のアンプで増幅するのがいいんがやちゃ。トランジスタ・アンプじゃ、いかにもミスマッチで味わいが出ん。音がふやけるさかいに。

——じゃあ、ジャズは生演奏で聴くのがいちばんなのか。

——そうともかぎらん。むしろレコードのほうが優れとる面もあるがや。たとえば、ウッドベースは生やと聴き取りにくいところがあるやろうけど、録音やったら必要に応じて強調することもできる。ピアノやらサックスも、音を尖《とが》らせたり柔らかくしたりして、曲に合わせて絶妙のバランスを創り出せるがや。

そう言って、塙は書棚から何枚かのレコードを取り出した。

——これはルディ・ヴァン・ゲルダーいうレコーディング・エンジニアが録音して、カッティングまで立ち会《お》うたものや。彼は芸術的な音作りをする技師で、ミキシングの技術が抜群なんや。生演奏よりも個性的で洗練された音色を創り出す。オリジナル原盤やから、刻印してあるやろう。僕の宝物やちゃ。

レコードをジャケットから取り出すと、内周にルディ・ヴァン・ゲルダーの頭文字「RVG」の刻印があった。

塙は当時から「オリジナル原盤」ということを盛んに強調していた。録音したてのマスターテープから製造されたレコードで、再発盤やデジタル音源とは比較にならない音質のよさを保っているらしい。

――オリジナル原盤は骨董品《こっとうひん》扱いで、一枚十万円以上するもんもあるがいぜ。中古レコード店に出物があると、全国からマニアが集まってくるほどやそうな。

当然、エディでかかるレコードもオリジナル原盤ばかりで、私がこの店に通うのもそれが理由のひとつだった。

次にかかったのは、デイヴ・ブルーベック&ジェリー・マリガンの『BLUES ROOTS』。ブルーベックの音の割れたようなピアノと、ジェリー・マリガンの包み込むようなバリトンサックスが絡み合って、聴く者を独特の心地よさに誘う。

塙と私はしかし、ジャズの話ばかりしていたわけではない。医療のあり方や、将来どんな医者になるべきかというようなまじめな話もした。当時はまだ医療破綻の予兆もなく、保険医療も健在で、医療に勝ち組と負け組が出現するなど、夢にも思わなかった。私はごく平凡なヴィジョンしかなく、とりあえずは専門性を身につけて、できるだけ多くの患者を救いたいと考えていた。塙は自分の将来のことより、上昇志向の強い同級生たちを批判することが多かった。そんなときの彼は、冷ややかな標準語にもどった。

――彼らは患者のことより、自分が偉くなることばかり考えてる。勉強するのも、すべて自分のためだ。患者を思いやる気持がまるでない。

彼は大学病院で行われる臨床実習にも怒っていた。医学生が六、七人のグループで、実際の患者を診察する実習である。

——あんなふうに患者を見世物同然に扱って、よく心が痛まないもんだ。乳がんの患者を順に触診するなんて、人権無視もいいところだろ。患者は死の恐怖に怯《おび》えて、生死の分かれ目に立たされてるんだぞ。それを医学生の触診の練習台にするのは、あまりにも卑劣じゃないか。

——だけど、実際に診察させてもらわなけりゃ、診療の技術は学べないだろう。

——そうかもしれんが、僕が許せんのは、指導医や学生の無神経さだ。今、目の前にいる人が死ぬかもしれない病気におののいていることへの、心情的な共感が少しでもあるのか。彼らは教育という大義名分で、ひとりの人間の尊厳を踏みにじっているんだ。

彼は蒼白《そうはく》な頰を強ばらせていた。

塙の言い分はわからないでもないが、医学教育に臨床実習は欠かせないし、患者を思いやると言ったって、医学生にできるのはせいぜい失礼のないようにていねいに診察させてもらうことくらいだ。それでも塙は、患者の前でノートを取ったり、参考書を広げたりする医学生の鈍感さが許せないようだった。

さらには、大学病院の医師たちにも激しい批判の矛先を向けた。

——大学に残っているのは、自分が医学界で評価されることに目が向いてる連中ばかりだ。新しい治療の開発や研究にやっきになって、患者をモルモット扱いしていることに気づきもしないんだ。

——しかし、今ある治療や検査だって、みんなそういう先達が作り上げたんだし、そんな連中がいなければ、医療は進歩しないいんじゃないか。

私が反論すると、塙は顔色を変えて否定した。興奮がある域に達すると、また富山弁が出た。

——医療なんか進歩せんでいいんがやちゃ。医療が進むとロクなことはないがいぜ。

あえて極論するような口調を、私はよく覚えている。なぜ、彼はそこまで嫌悪と怒りをにじませるのか。当時はわからなかったが、今、医事評論家の立場から振り返ると、塙には一定《いちじょう》、先見の明があったと言えるかもしれない。現代の進みすぎた医療は、さまざまな弊害をもたらしている。無益な延命治療、がん遺伝子の検査や出生前診断、脳死の是非、検査被曝《ひばく》による発がんなど、安心と安全を保証すべき医療が、多くの不安と脅威を生み出している。

塙はそんな未来を予見していたのかもしれない。彼が医療の進歩を憎み、ぜいたくにふける勝ち組医師を許せないと考えているなら、テロという手段に訴えることもあり得るのか。

私はふと、『豚ニ死ヲ』という〝勝ち組医師テロ〟のメッセージに、ある記憶をよみがえらせた。

Death To Pigs

塙が布製のペンケースに油絵具で書いていたフレーズだ。何だと聞くと、シャロン・テート殺害事件で有名なチャールズ・マンソンの一味が、ラビアンカ夫妻を殺したときに、壁に書き残した血文字だと、塙は言った。なぜそんな不吉な言葉を書くのか、私には理解できなかった。彼は貧しい家庭で育ったせいか、裕福な人間に対する生理的な嫌悪感を表すことがあった。その心情が高じて、勝ち組医師を標的にしたテロに関わっているとしたら……。

レコードはいつの間にかマイルス・デイヴィスの『Ascenseur pour l'échafaud』に替わっていた。映画『死刑台のエレベーター』のサウンドトラックだ。その耳に突き刺さるような陰鬱なトランペットに、私は不吉な予感を打ち消すことができなかった。

8

もしも塙が〝勝ち組医師テロ〟に関わっているなら、彼ならではの手がかりがあるはずだ。それを探るために、私は今一度、事件のあらましをネットで調べてみた。

第一のテロは、去年の十二月四日、医師専用の高級会員制クラブ「表参道倶楽部」に手製の爆弾が投げ込まれた事件だ。使われたのは塩素酸塩系の爆薬約一・二キロで、ダイナマイト十五本分に相当する。四人の医師が犠牲となり、七人が重軽傷を負った。

「表参道倶楽部」の会員には、自由診療病院や私立医療センターの医師が多く、超セレブの社交場として機能していた。

犯行の数日後、新聞社に犯行声明が届き、その一部が公表された。書き出しに『豚ニ死ヲ』とあり、これが連続テロのキーワードになった。

声明文の差出人は「反医師武装戦線」を名乗っており、使われた爆薬が一九七〇年代の連続企業爆破事件に用いられたものと同種であることや、グループ名の類似から、かつての過激派との関連が疑われたが、詳しい状況はわかっていない。

犯行声明文は狩野に届いたのと似たパソコン文章で、次のような文言があった。

『医療はあくまで平等であるべきで、金持ちだけがよい医療を自由に受けられる状況はまちがっている。医療に自由を持ち込んだ瞬間、医療は荒廃する』

これは明らかに医療者側の視点だ。医療における自由と平等は専門性の高いテーマで、一般の人は両方を求めるだろうが、実際には両立しない。すべての患者に平等な医療を行うと、よい医療を選ぶ自由が制限されるし、金持ちがよい医療を選ぶ自由を行使すれば、平等な医療は損なわれる。日本の医療は平等だが自由がない、アメリカの医療は自由だが平等ではないと言われる所以《ゆえん》だ。

ほかにも犯行声明は医療の本来あるべき姿を論じ、私利私欲に走る勝ち組医師を痛烈に批判していた。もちろん容認はできないが、このテロが単なる勝ち組医師への嫉妬ややっかみによるものではなく、いわば義憤に駆られた行動であることを物語っていた。

第二のテロは今年の四月三日、大阪市阿倍野区で「日本肥満予防学会」の会長が何者かに斬殺された事件だ。死因は頸動脈《けいどうみゃく》切断による出血で、傷は左頸部から右胸部にかけて、服の上から四十数センチにも及んでいた。凶器と思われる日本刀は、現場から約一・五キロ離れた下水の側溝から発見された。

被害者の会長は、肥満予防学会のドンと呼ばれており、製薬会社から多額の寄付を受け取って、企業に有利な基準値を誘導した疑いのある人物である。製薬業界ではコレステロールの基準値が一〇㎎／dl下がると、億単位で売り上げが伸びると言われ、被害者は業界から最上級のＶＩＰとして厚遇されていた。

この事件には犯行声明はなかったが、医師宅の塀に『豚ニ死ヲ』の落書きがあり、第一のテロとの関連が疑われた。

第三のテロはつい先日、七月二十二日に私の家の近所で発生した。被害に遭ったのは心臓のカテーテル治療の専門医で、金属バットのようなもので殴打されたあと、ガソリンをかけられて火をつけられた。この医師は富裕層の患者に高額治療をしていて、支払い能力のない患者は受診を遠慮してほしいと公言していた。自身が高報酬を得るのは、若い医師たちの成功モデルとなって、優秀な後進を育てることにも役立つのだとうそぶいていた。たしかに、優秀な医師を育てるためには、高報酬が保証されなければならないだろう。きれい事では人材を確保できない。しかし、そういう考え方が、医療格差を増大させ、医療の勝ち組と負け組を生み出したのではないか。そして、テロリストを生む土壌にもつながったのかも……。

第三のテロの現場に残されたポリタンクには、油性ペンで『豚ニ死ヲ』と書かれていた。筆跡や油性ペンの成分から、犯人につながる手がかりが得られるかもしれないが、今のところ有力な情報はない。

そして今回、狩野に届いた脅迫状は、第四のテロにつながるのか。警察は狩野の謝絶にもかかわらず、周辺を警戒しているが、第三のテロまでに犯行予告はなかったので、脅迫状は単なるいやがらせの可能性もあると見ているようだ。

ここまで調べて、〝勝ち組医師テロ〟が同一犯によって行われたと考えるのは、無理があるように思われた。共通するのは被害者がいわゆる勝ち組医師であることと、『豚ニ死ヲ』というメッセージだけだ。手口もちがえば、地域もバラバラで、被害者の選定も行き当たりばったりに見える。

『豚ニ死ヲ』のメッセージも、第一のテロで使われた言葉の模倣か、捜査を攪乱《かくらん》させるための偽装とも考えられる。バラバラの犯人が、さも統一組織であるかのように見せかければ、警察はありもしない関連性をさがさなければならなくなる。ＳＮＳなどで見知らぬ者が簡単に知り合いになる昨今、『豚ニ死ヲ』が合い言葉のようになって、犯人たちが勝手に使いだした可能性も否定できない。

いずれにせよ、塙がこのテロに関わっている可能性は低いだろう。逆に、もし脅迫状の書き手が塙だとわかれば、困るのは狩野のほうではないか。事件は同級生による茶番となり、脅しには屈しないと大見得を切った狩野はピエロ同然になってしまう。さらに、塙の母親を「妾」と呼んだ差別的発言が表沙汰になれば、敵対勢力がここぞとばかりに攻撃するだろう。

それなら無理に塙の行方を追ったりせず、このまま静観するのが賢明ではないか。私はそう判断して、パソコンの画面を閉じた。

9

〈計画は予定通り進んでるか〉

〈はい、三カ所はすでに終わっています。間もなく四件目を〉

〈油断するなよ。いつ邪魔が入るかしれないから〉

〈大丈夫です。それぞれ別の方法でやっていますから〉

*

数日後、私に一通の葉書が届いた。今どき珍しい官製葉書だ。縁が折れ曲がり、裏には泥の靴跡がついている。

表の差出人を見て、疫病神に足をつかまれたような気分になった。

小村芳夫《こむらよしお》。

創陵大学医学部の同級生で、首席で卒業したエリートである。バッタを思わせる尖った顔で、小さいころから勉強しかしてこなかったことがひと目でわかるような男だ。陰湿な性格で、自分より知識のある者を目の敵にしたり、実習でミスをした者をあからさまに嘲笑したりした。

同級生のだれもが小村は将来、母校の教授になるだろうと思っていたが、この二十年で状況が大きく変わった。彼の遍歴は、同級生の間で密《ひそ》かな語りぐさになっている。

小村は大学を卒業後、エリートが集まる循環器内科に進み、教授の椅子を目指した。しかし、今は優秀なだけでは教授になれない。教授は大学病院に患者を集められなければならないのだ。小村は優秀だが、いかんせん患者の扱いが下手だった。説明がむずかしい、対応が冷たい、ゆっくり話を聞いてくれないなどの苦情が出され、果ては滑舌が悪い、話がおもしろくないとまで批判された。

患者から敬遠されると、個人の収益率は下がる。いくら研究面で優れていても、収益を挙げられなければ、大学病院では生き残れない。私立はもちろん、国公立の大学も独立行政法人化して、個人がどれだけ経済的に寄与するかが重視されるようになったからだ。

小村は大学病院に居場所をなくし、不本意ながら関連病院に出向になった。そこでも収益率を上げられず、厄介払いのように私立の総合病院に転勤させられた。さらには個人病院に移り、職場が変わるたびに収入は下がった。ほかの医師より多く当直をやらされ、激務なのに給与が低いという典型的な負け組勤務医となって、小村は病院をやめた。そして、無謀にも開業に踏み切った。

もともと患者ウケが悪いのだから、開業医が務まるわけがない。それなのにプライドを捨てられず、専門の循環器内科で開業しようとして、たちの悪い医療コンサルタントに引っかかった。

――小村先生ほどの方でしたら、富裕層相手の高級医療で成功まちがいなしです。

おだてられて高額な医療機器を導入し、サロン風の待合室のある豪華なクリニックを開設した。医療コンサルタントの狙いは、開業費用をつり上げて、それにリンクするコンサル料を増額することだった。そうとも知らず、小村は言われるままに銀行のローンを組んだ。

医療コンサルタントは一千万円を超える報酬を受け取ると、あとはご自由にとばかりに行方をくらました。クリニックは最初からつまずき、赤字の連続でたちまち経営危機に陥った。小村の負債は二億五千万円にまで膨らみ、クリニックは一年で売却。自己破産はプライドが許さず、診療所の雇われ院長、保険会社の社医、老人介護施設と渡り歩き、最後は当直のアルバイト医にまで身を落とした。昼間は健診センター、夜は週に五日の夜勤で必死に稼いだが、それでも利息の支払いがやっとという状況になった。

　小村の妻は、クリニックの売却と同時に離婚の調停を申し立て、半年で成立。マンションは妻に取られ、アパート暮らしとなって、身だしなみは乱れ、生活も乱れた。職場を転々とするようになり、ひどいときには一週間でクビを言い渡されたこともあったようだ。借金の取り立てから逃れるため、苦し紛れに街金から金を借りて、その追い込みでアパートにも帰れなくなり、ネットカフェや個室ビデオ店で夜を過ごすうちに所持金がなくなり、ついにはホームレスになったという噂だった。

　その間も、かつての同僚や知人に借金を申し込み、あちこちに迷惑をかけたようだ。いきなり病院に押しかけられ、仕事の斡旋《あっせん》を頼まれた者もいる。断ると逆ギレして、大声を出して暴れ、警察沙汰になったこともあるという。だから、小村には気をつけろという情報が広まっていた。

　私に届いた葉書のみすぼらしさからして、小村がホームレスになったというのはどうやら事実らしかった。連絡先も『江東亀戸一《こうとうかめいどいち》郵便局気付』となっている。

　葉書の内容は、ひとことで言えば、私に評論家の口を紹介してほしいというものだった。几帳面《きちょうめん》な字で書き連ねた文面にはこうあった。

『……現在の医療状況は、許しがたい不合理と矛盾に満ちている。自分ほど現代の医療状況に翻弄された医師はいないだろう。能力がありながら、実力を発揮できない医師が多いことは、医療界のみならず、日本全体の損失だ。もし、自分が医事評論家になれば、現在の状況を徹底批判し、医療の勝ち組の横暴を告発できる。世間の目を啓《ひら》き、日本の医療をあるべき姿に導けるにちがいない』

だから、とりあえず出版社を紹介してほしいというのだ。

インクの出にくそうなボールペンで書かれた角張った文字を見て、私は嘆息せざるを得なかった。小村は現場でことごとく失敗しながら、いったいどこを押せば、『日本の医療をあるべき姿に』などという言葉が出るのか。

一読してダイニングのテーブルに放り出すと、妻が「あら珍しい。葉書じゃない」と拾い上げた。汚れに気づいて端をつまみ直し、興味深そうに読みはじめる。

「小村さんてだれ」

「大学の同級生だよ。教授候補と目されてたけど、今はホームレスになってるみたいだ」

「で、出版社を紹介したげるの」

「しない」

「この人、困ってるんでしょ。助けてあげればいいじゃない。情けは人のためならずって言うわよ」

私は首を振った。

「小村は評論家として使い物にならない。自信過剰で上から目線だからな。この葉書だって、自分に都合のいいことばっかりだろ」

「ふーん」

しばらく文面を眺めてから、妻が聞いた。

「返事は書くの」

「書かない」

「じゃあ、捨てるわね。汚いから」

妻は葉書の端をつまんだままゴミ箱の上に移動させ、指を離した。葉書は身をよじるようにして落ちた。バッタのような小村のエリート顔が、怨念に歪むのが見える気がした。

10

テレビで狩野が吠えている。日曜日の朝の報道バラエティ「プレミアム・サンデー」

だ。

『今や日本の医療破綻は最悪の状況です。患者のたらいまわし、入院拒否、三カ月もの手術待ち、医療負け組への治療放棄。吐血している患者が、止血剤の点滴だけで帰れと言われたり、夜中に発作を起こした喘息《ぜんそく》の子どもが、小児救急の閉鎖で命を落としたりしています。その一方で、暴利を貪っているのが健診業界です。彼らはみなさんの健康不安を煽《あお》って、年間一億六百万人もの人を健診と人間ドックに囲い込んでいるんです。なぜだかわかりますか。病人だけを相手にしていては十分な利益を挙げられないからです。健康な人を病人に仕立て上げて儲けてるんです』

問題発言だと、私は眉をひそめた。そういう側面はたしかにある。だが、ここまで断定していいのか。

『健診業界にはとんでもないバックがついています。医療と関係のない株式会社です。土建関係、飲食業界、ＩＴ産業。彼らの目的は金儲けです。食い物にされるのは国民のみなさんです。医療と結託した株式会社に、手間と時間と医療費を吸い取られているのです。大した異常でもないのに、精密検査を指示されたときの不安や心配、そのストレスのほうがよっぽど身体に悪いでしょう。まず、医療界から異業種を排除しなければなりません。僕の目指すネオ医療構想では、医療の非営利化を徹底します。医療を純粋な医学的営為に高めるのです』

「狩野先生、絶好調ね」

妻はテレビに拍手しかねない勢いだ。私は不安を拭いきれない。

この前は〃無能な金儲け医者〃を敵に仕立て上げていた。今度は健診業界だ。たしかにこの領域には異業種の参入が多い。しかし、当然、参入側もリスクを抱えている。高額な検査機器が必要なので、初期投資が膨大になり、回収までに時間がかかる。それをネオ医療構想で排除すると言われても、すんなり手を引くはずがない。

番組の司会者が、狩野に質問した。

『医療への株式会社の参入は、特区で認められたものです。株式会社を排除しても、医師自身が営利に走ることもあるのでは？』

『今のままではそうでしょう。だから、ネオ医療構想では、医師の報酬体系を根本から改めるつもりです。そもそも、無駄な医療費の垂れ流しは、出来高払い制度が原因だというのが僕の持論です。かと言って、病気ごとに診療報酬が決められる包括払い制度にすれば、必要な医療を省く粗診粗療《そしんそりょう》の危険性が消えない』

『では、いったいどうするのです』

『医師の報酬をすべて年俸制にするのです』

意表を衝《つ》く発言に、司会者が一瞬、言葉を失う。狩野はその反応を楽しむように説明を続けた。

『出来高払いでも包括払いでも、収益が医師の念頭にちらつくことが問題なのです。年俸制にすれば、診療内容によって収入は変わらない。年俸は前年の治療実績に応じて毎年、更新します。そうすれば、いい医療をした医師が、高額の報酬を得ることになる。すなわち、真に患者と国のためになる優れた医師が優遇されるということです』

「さすがは狩野先生ね。いいアイデアじゃない」

妻が素朴に感心する。司会者が狩野に訊ねた。

『現状でも、勤務医は診療内容によって給与は変わりませんよね。でも、無駄な医療が多いのではありませんか』

『それは病院の経営が収入に左右されるからです。ネオ医療構想では、病院の経営関係を全医機が新しいシステムで管轄する方式を考えています。それによって、医師は病院経営の雑務から解放されるのです』

『つまり、病院の経営を全医機が一括して取り仕切るということですか。いや、しかし、そんなことが可能なんでしょうか』

司会者は疑念を隠せないようすだ。

『もちろん抵抗はあるでしょう。しかし、日本の医療を理想的な形に持って行くためにも、ぜひともこの改革をしなければなりません』

『それでは病院の自立性が損なわれませんか』

『その通り。だけど、考えてもみてください。病院の使命は、本来、患者の治療であって、収益を挙げることではないでしょう。自立性など認めるから、金儲けに走る医者が出てきたり、無能な院長が病院をつぶしたりするのです。医師は医療に専念すべきです。経営のマネージメントは、全医機が公平かつ効率的に行います。全医機は中央、都道府県、郡市と三段構えですから、地域の実情に合わせた運営が可能です』

そう言って、狩野は目尻に皺の寄る人なつこい笑顔をカメラに向けた。

狩野が〝無能な金儲け医者〟や健診業界など、身内の医療界に敵を作ってまで一般ウケする発言を繰り返すのは、世間を味方につけることで、医師の抵抗を抑えるためだ。今の狩野人気には、全医機の長老といえども表立っては異を唱えにくい雰囲気がある。

狩野はさらに続けた。

『ネオ医療構想の実現に向けて、我々は政治的な活動にも力を入れる計画です。そのために、全医機で「医道政治塾」の塾生を募集しています。医師にかぎらず、日本の医療をよりよくしたいという熱い志のある人を広く募ります』

医道政治塾の構想は、私も安達から聞いていた。塾生の応募数も順調に伸びているという。

『ということは、狩野さんもいずれ、政界に打って出るという計画がおありになる？』

『いえいえ、それは一億パーセントないです。僕には全医機総裁という仕事がありますからね。まずはそっちに全力投球ですよ』

またもさわやかな笑顔で好感度をアップさせる。

番組の終わりが近づいて、司会者は時間を気にしながら訊ねた。

『少し前の脅迫状はどうなりました。〝勝ち組医師テロ〟の標的に名指しされて、一時は緊迫した状況だったと思いますが』

『えっ。いや、あんなもの、恐るるに足らずですよ。あれっきり何の動きもありませんから。あははは』

笑いながら断言する横顔が、心なしか引きつって見えたのは気のせいだろうか。

11

日曜日の午後だが、今日はエディに行けない。安達から全医機本部に来てほしいというメールが来たからだ。

呼ばれたのは、この前、萬梅門で顔を合わせた同級生五人。用件は、『ネオ医療構想を支えるための打ち合わせ』だという。慇懃に参加を求めながら、メールの最後に、『浜川先生も全医機に近いところにいれば、内部情報がいち早く入手できるでしょうから』と恩着せがましいひとことが付け加えてあった。こういうのが安達のいやなところだ。

千代田区飯田橋《いいだばし》にある全医機本部は、八階建ての近代的なビルである。待ち合わせの午後二時少し前に総裁応接室へ行くと、すでに三人の先客がいた。厚労省キャリア技官の城之内恭一、レーザー治療長者の豊田理、そして若き神経内科教授である林信司だ。

「みんな早いな」

軽く挨拶して空いているソファに座ると、本革のシートが思いの外深く沈んだ。総裁応接室はさすがに豪華で、広さは二十畳ほどもあり、マホガニーらしい重厚な調度品が並べられている。

少し遅れて、病理学者の宮沢あかねが入ってきた。相変わらず秀でた額の下は化粧っけがない。雑談で時間をつぶしていると、二時を少しまわったところで、細身の身体にぴったりの高級そうな白シャツを着た安達がせわしなく入ってきた。

「待たせて申し訳ない。いやあ、日曜日だというのに、仕事が片付かなくて困るよ」

奥の席にどっかと座り、慌ただしげにスマホをチェックする。林が頬にかすかな不快を浮かべて聞いた。

「今日は狩野は来ないのか」

「すまない。総裁は午後から急に名古屋に出張が入ったんだ。ほんと、総裁も休むひまがないよ」

安達は媚《こ》びるような作り笑いを見せる。事務局長の仕事も板について、狩野の腰巾着から側近に出世したとでも言いたげな物腰だ。

「そうだ。みんなに報告しとこう。このたび豊田先生が全医機に三千万円の寄付をしてくれてな。その功績で全医機の常任理事に推挙された。担当は広報と財務だ」

今日も派手なシアサッカー地のジャケット姿の豊田が、鷹揚《おうよう》にうなずいた。

「それはおめでとう」と城之内が儀礼的に祝福し、宮沢がキツネ目を細めて、「やっぱり儲けてる人はちがうわね」と皮肉った。

私も一応は祝福したが、豊田の寄付には違和感があった。レーザー治療で大儲けしているとはいえ、彼は学生時代から計算高く、何事も損得で判断するところがあった。三千万円もの寄付をするにあたって、確実な見返りがあると踏んでいるのだろうか。

「それから、今朝の『プレミアアム・サンデー』は見てくれたか」

安達が聞くと、全員がうなずき、口々に言った。

「相変わらず過激だったな」

「健診業界は怒ってるだろう」

「でも、ほんとうのことばかりじゃない」

狩野に賛同する声ばかりだったが、私は率直に疑問を口にした。

「水を差すようで悪いが、番組で狩野が言ってた病院の経営を全医機で管轄するって話、どうなんだ。そんなこと、ほんとうにできるのか」

　自らも自由診療の病院を経営している豊田がうなずく。

「公立病院は別としても、私立病院はいわば私有財産だからな。経営に干渉するのはむずかしいかもな」

「公立病院だって、自治体が母体のものは法的な根拠がいるのじゃないか」と、厚労省の城之内も懐疑的になる。

　何人かが不審の目を向けると、安達は待っていたかのように説明した。

「心配ご無用。番組では詳しく言わなかったが、総裁は新しい病院経営のシステムを考えてる。医療法の非営利原則を知ってるだろ。あれを援用することで、営利目的と見なされる経営母体を排除していくのさ」

　医療法は第七条第6項で、医療機関は営利を目的として開設できないと規定している。だが、実際はどの医療機関も人件費や福利厚生、コンサルタント料などの名目で、利益をカムフラージュしている。その線引きは曖昧だ。

「具体的にはどうするの」

　宮沢の問いに、安達が答えた。

「まず、全医機による病院のマネジメント・システムを公表する。それは営利を考えないＮＰＯ的な経営だ。この新システムに参加する医療機関は、非営利を徹底していると見なして診療報酬を増額する。逆に、経営権を手放さない医療機関は、営利に執着していると見なして、診療報酬を減額する。当然、反発はあるだろうが、それはすなわち金儲けを主眼としているからだと批判すれば、世間がこちらに同調するだろう。新システムは医師を経営から解放し、診療を純粋に医学的判断で行える側面を強調すれば、世間の支持はさらに広まる。そうなれば、水の低きに流れるがごとく、全国の医療機関が新システムへの参加を求めるにちがいない」

林が切れ者らしく縁なし眼鏡を光らせる。

「世間は医者の金儲け主義を警戒しているからな。その懸念がなくなれば、患者も非営利の医療機関を受診するようになるだろう。逆に、新システムに参加しない医療機関は患者が減って、経営が立ちゆかなくなる」

「そうなれば、強制的に経営権を奪わなくても、自然に反対する医療機関は淘汰されるというわけだな」

城之内が補足して、一同が感心する。

「浜川先生はどう思う」

「ちょっと強引な気もするが、診療報酬で差をつければ、流れは変わるかもな」

「だろう。これからの日本の医療は、総裁の言うラジカル・リセットでどんどん変わるんだ。浜川先生にはそれをぜひ世間にわかりやすく説明してほしい。医事評論のネタはいくらでもあるぞ」

安達はうまい儲け話を持ちかけるように私に目配せをした。返す刀で城之内に言う。

「城之内先生には、厚労省のキャリアとして、医道政治塾に協力してほしいんだ。塾の講師陣には、現役の国会議員から選挙のプロまで幅広い人材を集めている。城之内先生に講師に加わってもらえればいっそう層が厚くなる。参加申し込みは二千人を超えているし」

「そんなにか。すごいな」

ゆくゆくは政界に打って出る腹づもりの城之内には、医道政治塾に関わることは大きなメリットがある。全医機がバックにつけば、集票にも絶大な威力を発揮するだろう。

城之内を籠絡し終えると、安達は林と宮沢に顔を向けた。

「今、日本の自然科学分野の予算は、年間約一兆三千億円だ。アメリカのNIH（国立衛生研究所）の予算は、医学研究だけで三兆円以上ある。この差をどうにかしないと、永遠にアメリカには太刀打ちできない。ネオ医療構想では、日本の医学研究に新しいプランを考えている。研究費を医学に集中して、日本経済の起爆剤にする計画だ。そのためには優秀な研究者がいる」

「それなら任せてくれ。僕は創陵大学の医学部を世界のベストテンに入れようと思ってるんだ。そのために優秀な人材を集めている。研究費さえ用意してくれるなら、必ず成果を出すよ」

「わたしだって、日本の病理学研究を世界のトップクラスにしたいわよ。これまで研究費の配分が少なすぎたから、実現できなかったけど、全医機が後押ししてくれるのなら心強いわね」

林と宮沢もネオ医療構想と己の利害が一致したようだ。豊田はすでに三千万円の寄付で支持を表明している。

全員の合意を取り付けたと見た安達は、狩野そっくりの口調で熱弁を振るった。

「日本の医療は今や沈没寸前の巨大戦艦も同然だ。がん難民、うつ病や引きこもりの増加、産科や救急医療の崩壊、地方の医療過疎、その一方で、セレブ向けの高級医療が利益を貪り、詐欺まがいの免疫療法や、アンチエイジングのクリニックが荒稼ぎをしている。全医機はそんな状況を一新し、医療を理想的な状況に近づけるため、改革を断行しようとしてるんだ。我々は狩野総裁と協力して、ネオ医療構想の実質的な推進者になるだろう」

自己陶酔もいいところだったが、餌を与えられた参加者たちはだれも異を唱えなかった。

会合が終わったのは、午後四時前だった。みんなはそのまま帰ったが、私は安達に残ってほしいと言われて、一階の彼の執務室に入った。

「お疲れさん。まあ、座ってくれよ」

安達は私の前に座り、いやに低姿勢で言った。「この前、頼んだ塙の件だけど、何かわかったかな」

「調べてみたんだが、まだ何も」

大した調査もしていないので、私は歯切れが悪くなった。「しかし、〝勝ち組医師テロ〟が、塙一人の犯行とはとても考えられないだろう。被害者につながりはないし、殺害方法も犯行現場もばらばらだし」

安達は答えない。私はさらに言葉を重ねた。

「狩野もテレビで言ってたけど、全医機に届いた脅迫状だって、あれから動きはないんだろ。だったら、気にすることはないと思うけど」

「……僕もそう思うんだが、総裁がこだわってるんだ」

「どうして」

「詳しくはわからない。だが、脅迫状に看護師殺しの件が書いてあっただろう。あれが引っかかってるみたいだ」

「事実無根なんだろう」

「いや、総裁には思い当たることがあるらしい。これはぜったいに内密にしてくれよ」

そう言って、安達は声を落とした。

「何年か前、狩野メディカルセンターで、看護師が一人自殺したらしい。もちろん、総裁とはまったく無関係だ。ただ、その看護師は狩野メディカルセンターに来る前、神越会系の病院で働いていた。塙が勤めていたのと同じ系列の病院だ。その看護師の自殺を塙がどこかから知って、総裁を陥れるために自殺は狩野総裁のせいだと決めつけてるんじゃないかというんだ」

「まさか」

にわかには信じられなかったが、たとえ看護師の自殺が狩野と関係がなくても、メディアにバラされればダメージになるのはまちがいない。

「だから、何とか塙に接触して、口止めをしなければならないんだよ」

「しかし、行方不明なのにどうやって接触するんだ。僕にはとても見つけ出せそうにない。興信所か調査会社に頼んだらどうだ」

「それはできない。総裁は塙のことをわずかでも外部に知られたくないんだよ。例の〝お妾さん〟発言もあるしな」

神経質すぎるのではないかと思ったが、狩野も安達もわずかな危険でも警戒しているようだった。

「じゃあもう少し調べてみるよ。だけど、あんまり期待しないでくれよ」

「よろしく頼む。浜川先生には手間をかけるが、ほかに頼れる相手がいないんだ」

安達はさっきの会合とは打って変わって、覇気のないようすで頭を下げた。調子がいいように見えて、彼にもいろいろ悩みがあるのかもしれない。

私はふとあることを思い出した。たしか塙には妹がいたはずだ。めったに話題にしなかったが、妹といっしょにジャズのライブに行ったことがあると話していた。

「何か手がかりがありそうか」

私のようすを目ざとく察知したらしい安達が訊ねた。

「いや、まあ、とにかく心当たりを探ってみるよ」

空振りになってもいけないので、妹のことは伏せて、少しだけ力を込めてうなずいた。

12

塙に妹がいることは思い出したが、名前もわからなければ、住所もわからない。もしやと思って、ネットで検索してみたが、めぼしい情報はなかった。

塙は医局に所属しなかったので、大学病院関係には先輩も後輩もいない。唯一のつながりは、神越会系列の病院だ。そこで彼が最初に勤めた新潟神越会病院に問い合わせてみた。大学の同級生だと名乗り、至急、連絡を取りたいので、実家の連絡先を知りたいと持ちかけたが、教えてもらえなかった。今はネットには情報があふれているが、直接の問い合わせには、個人情報はまず教えてもらえない。

次の一手を考えあぐねていたら、また小村からの葉書が届いた。前の葉書からちょうど一週間後だ。斜め読みして捨てようとしたら、妙な文言が目に入った。

『……〝勝ち組医師テロ〟の処方に関わる重大な情報……』

テロの処方とはどういう意味か。わざわざ傍点を振っているところを見ると、何か意味がありそうだ。はじめから読み直すと、私が返事を出さなかったことをなじる文章のあとに、こう書いてあった。

『とっておきのネタもある。出版社が知れば飛びつくスクープだ。ここで詳しく語るわけにはいかないが、サワリだけ教えよう。昨今、メディアを賑わせている〝勝ち組医師テロ〟の処方に関わる重大な情報だ。もし出版社を紹介してくれるなら、ある程度までは話してもいい。その内容は君を驚愕《きょうがく》させずにはおかないだろう』

小村は〝勝ち組医師テロ〟の何を知っているのか。私を驚愕させるというのは、まさか、塙が関わっているということなのか。もしかして、小村も塙が書いた『豚に死を』というビラを見たのだろうか。

ふと、学生時代の記憶がよみがえった。臨床講義で学生が患者を診察して、考え得る病名を列挙したときのことだ。小村はがんを含むいくつもの病名をこれ見よがしに並べた。講義のあとで、塙がそれをたしなめた。

――患者さんの前で、無神経に悪性の病名を口にするのはよくないぞ。

クラスのアウトローだった塙に諌《いさ》められたことで、小村はプライドが傷ついたのだろう。ムキになって言い返した。

――患者の前であろうとなかろうと、可能性のある病名はすべて挙げるべきだ。自分がわからないからって、人の答えにケチをつけるのは見苦しいぞ。

塙は反論しなかったが、小村はまだ腹の虫が治まらないのか、さらに言い募った。

――ふだん勉強してないやつは、すぐ患者の気持がどうのとか言って、己の無知をごまかすんだよな。

これには塙も黙っていられなかったようで、刺すような眼差《まなざ》しで言い返した。

――勉強しかしていないやつは、ロクな医者にならんぞ。

小村は鼻で嗤《わら》ったが、内心は動揺したはずだ。それはだれしも感じていたことだったから。実際、塙の指摘は現実になった。

もし小村が何らかの情報を持っているなら、安達にも伝えたほうがいい。そう思って、メールを送ったが、安達の返事はそっけなかった。

『小村先生には関わらないほうがいい。情報はたぶんガセだろう』

なぜそう思うのか。メールで問い返すと、安達は『同級生の悪口は言いたくないが』

と前置きして、以前、小村に困らされた経緯を書いてきた。小村は狩野が全医機の常任理事になったあと、職を紹介してほしいと頼んできたらしい。狩野は全医機系列の診療所を紹介したが、小村は職員とケンカをしてすぐにやめてしまった。レベルの低すぎる診療所を紹介したと、狩野を逆恨みして、全医機の本部に押しかけてきたらしい。

『とにかく、その偏執狂的なことには辟易《へきえき》させられたよ』

狩野に代わって対応した安達の渋い顔が、目に浮かぶようなメールだった。

小村はプライドばかりが肥大し、未熟な精神状態のまま社会に出て、どこに行ってもうまくいかない人間になっていたようだ。思えば哀れだが、勉強漬けのエリートにはありがちなパターンではある。

13

安達が言うように、小村には関わらないほうがいいのかもしれない。しかし、私は彼がほのめかす〝勝ち組医師テロ〟の情報が気がかりだった。ガセネタの可能性もあるから、まずは小村のようすを調べたほうがいい。幸い、知人のノンフィクションライターがホームレス事情に詳しいので、彼女に聞いてみることにした。

八代琴美《やしろことみ》という新聞記者から転身した書き手で、貧困や格差問題の取材を続け、今まで五冊の本を上梓《じょうし》している。パンツスーツの似合う美人だが、男顔負けの行動力と、根っからの仕事好きで、色恋沙汰に費やす時間はないと顔に書いてあるような女性だ。

知り合ったのは、私がある週刊誌に彼女の『貧困エリート』という本の書評を書いたのがきっかけで、医療問題にも興味を持っていた。

――今の医療格差は深刻ね。この前大阪で、はしかのワクチン接種が受けられなくて、三人の患者さんが亡くなったでしょう。医療負け組になると、今ははしかで命を落とす時代になったということね。

編集部で紹介されると、同い年だったこともあり、初対面から打ち解けて、琴美、ヒロさんと呼び合う仲になった。

電話で連絡すると、果たして琴美は小村のことを知っていた。

「たぶん、亀戸界隈《かいわい》で有名なホームレス医者だわ。以前は上野公園にいたようだけど、ホームレス仲間から追い出しを食って、何カ月か前に江東区に流れてきたっていう噂よ。評判？　それは最悪」

ホームレスにはホームレスのしきたりがあり、互いの生活は侵さず、プライバシーにも触れないというのがルールらしい。ところが、小村は二言目には自分は医者だと言いふらし、そのくせ病気や怪我《けが》をしているホームレスには見向きもしなかったというのだ。

小村ならさもありなんと思える話だ。

「居場所はわかるかい」

「調べればわかると思う」

琴美は気さくに応じ、わかったら連絡すると言ってくれた。

返事が来たのは翌々日だった。

「やっぱりかなりの変わり者よ。ホームレスがちょくちょく利用する廃棄品のリサイクルショップで、店員を殴ったらしいわ」

「なんでまた」

「よくわからないけど、バカにするようなことを言われたみたいね」

私の同級生だと告げると、「ヒロさんもたいへんな友だちがいるのね」と笑われた。

居場所がわかればようすを調べられる。私は事情を説明して、琴美にいっしょに行ってもらうことにした。

土曜日の午前十時半、我々は地下鉄半蔵門《はんぞうもん》線の錦糸町《きんしちょう》駅で待ち合わせた。うまく小村に会えれば、直接、話をしてみるつもりだった。

「そのホームレス医者がいるのは、横十間川《よこじっけんがわ》の川縁《かわべり》みたいよ」

仲間のいるところは懲《こ》りたのか、ほかにホームレスのいない界隈らしかった。この場所なら、小村が葉書に書いていた江東亀戸一郵便局にも近い。

横十間川にかかる橋を渡って右に折れると、藤のパーゴラをしつらえた空間があり、うまく陽差《ひざ》しが遮られていた。敷石に覆われた長方形の広場があり、「城戸水上公園」の看板が出ている。

広場に入ると、右手に東屋《あずまや》があり、ベンチもあるが人影はなかった。琴美は左手に進み、広場の端から雑草に埋もれそうな遊歩道に入った。あたりをうかがいながら、数歩進んで止まる。指さすほうを見ると、パーゴラの四角柱の後ろに、テント状のブルーシートがあった。堤防と藤の古木の死角になって、通りからも広場からも見えにくい場所だ。

「ここらしいわね」

さすがに場慣れしているらしく、琴美は構えるそぶりも見せずに近づく。

「すみません。ちょっとお話を聞かせてほしいんですが」

声をかけたが、返事がない。

「どなたかいらっしゃいませんか」

聞いてから、私を振り返って言う。

「寝てるのかもしれない」

ようすを探っていた琴美が、気配のないことに気づいたように「こんにちは」とおざなりに言いながら、ブルーシートの端をめくった。中は無人だった。

「やっぱりね。留守だわ」

頭を低くして、ブルーシートの内部をのぞく。むっとした熱気と、果実と魚が腐ったようなにおいがこもっている。地面に段ボールが敷かれ、雑多なものが置かれていた。

「この時間だと、いると思ったんだけどな」

ホームレスが活動するのは深夜から早朝にかけてが多く、その間に食料を調達して、日中は寝ている者が多いという。

「図書館に行ったのかもしれないわね」

「どうしてわかる」

「ほら、それ」

琴美が指したのは、広げたまま伏せてある医事評論の月刊誌だった。表紙に図書館のラベルが貼ってある。ほかに小村が住んでいることを示すものはないかと見たが、コンビニ弁当の容器に数本の割り箸、キャベツの芯、汚れた衣服と毛布、焦げ痕のついた空き缶などが散乱しているだけで、身元のわかりそうなものはなかった。

「ここの住人は、音楽も好きみたい」

「どうして」

「だってあれ、ジャズの本でしょ。しかも、図書館のとはちがう」

つぶした紙コップの下に置かれているのは、ジャズの名盤を解説した文庫本だった。小村もジャズが好きだったのか。学生時代にはそんなようすはなかったが。

ブルーシートの隅に、バールのようなものが放り出してあった。長さ五十ヤンチほどの鉄の棒で、先端がV字に割れて曲がっている。

「護身用かもしれないわね」

その横にキャップのないボールペンが転がっていた。小村はこのボールペンで、私への葉書を書いたのか。机もないから、腹這《はらば》いで書いたのだろう。段ボールの床の上で、汗を垂らしている姿を想像すると胸が痛んだ。

「医療格差は、患者ばかりでなく医療者にも及んでいるのね。負け組の医師がここまで追い詰められているとは」

琴美が深刻な表情でつぶやいた。

この薄汚い閉鎖空間で、小村はどんな情念を抱えているのか。彼の先行きを想像すると、悲惨な結末以外あり得ないような気がする。それほどここには得体のしれない禍々《まがまが》しさが充満していた。

「今日のところはこれで十分だ。ありがとう」

私は琴美を急《せ》かしてブルーシートから離れた。

14

不吉な予感は、四日後、現実のものとなった。いつものように日読ガゼットを読んでいると、おぞましい記事が目に飛び込んできたのだ。

『江東区でホームレス襲撃か　男性死亡』

その見出しは私には見過ごせない忌まわしさを放っていた。記事にはこうあった。

『……江東区亀戸2丁目の路上で、意識不明の状態で倒れている男性が発見され、近くの病院に搬送されたが1時間後に死亡が確認された。司法解剖の結果、死因は殴打による脳挫傷。被害者は周辺の路上生活者と見られ、現在、城東署で身元の確認を急いでいる』

亀戸二丁目といえば、四日前に小村のブルーシートを訪ねたまさにその場所だ。遺体が発見されたのは横十間川にかかる橋のたもとらしいが、城戸水上公園からはほんの数十メートルしか離れていない。琴美は周辺には彼以外のホームレスはいないと言っていたから、襲われたのは小村にちがいない。

ほかのデジタル新聞の記事もさがしたが、いずれもベタ記事で、内容もほぼ変わらなかった。もしやと思って、『豚ニ死ヲ』のメッセージが残されていないかと調べたが、当然、そんな報道はなかった。いくらなんでも、小村を〝勝ち組医師テロ〟の犠牲者と見るのは無理があるだろう。

最初の衝撃が去ったあと、次に胸に浮かんだのは、悲しみや同情ではなく、奇妙な安《あん》堵《ど》だった。せっかく優秀な頭脳に生まれたのに、社会に適応できず、不遇をかこつしかなかった小村。その人生は、憤懣《ふんまん》と嘆きの連続だったにちがいない。大学まではエリート中のエリートだったのに、あとは転落の人生で、家族からも疎まれ、社会の底辺で先の見えない日々を過ごした。襲撃によって殺されたのは悲劇だが、これで懊悩《おうのう》の日々が終わったとすれば、ある意味で救いと言えるのではないか。私は痛ましい気持でそう思った。

ところが、翌日、安達から取り乱した電話がかかってきて、それこそ信じられないことを告げられた。

「浜川先生。新聞の記事を見たか」

「小村のことだろ」

「何？」

安達は焦《じ》れたように語尾を上げ、わずかに言葉を失った。彼は小村の事件のことを知らないようだった。どう話そうかと思案していると、安達は気を取り直したように早口で言った。

「小村のことなんかどうでもいい。塙のニュースだ。大きく出てる」

「塙のニュースって」

「まだ見てないのか。一昨日《おととい》、塙が亀戸でホームレス狩りに遭って死んだんだ」

「何？」

今度はこちらが声を上げる番だった。安達は跳ねるような調子でまくしたてた。

「浜川先生にはいろいろ面倒をかけたけど、これで一件落着だよ。それにしても、小村ばかりか、塙までホームレスになってたとはな。どうりで行方が知れないわけだ。総裁は一応は哀悼の意を表しているが、本音ではテロの心配がなくなったと喜んでいるよ」

話が見えない。私は状況を整理しようと気を落ち着けて訊ねた。

「待ってくれ。亀戸で殺されたのは小村じゃないのか」

「新聞を読んでみろよ。警察の発表だからまちがいないさ」

安達は自分も肩の荷が下りたと言わんばかりに言った。そんなバカな話があるだろうか。考えていると、「いずれまた、ゆっくり話そう」と、慌ただしく電話は切れた。

私は急いでタブレットの日読ガゼットを開いた。

『江東区のホームレス襲撃　被害者は元医師』

たしかに三段抜きの大きな記事が出ている。被害者の名前は『塙光志郎さん（43）』。

身元は近くのブルーシート内から、塙名義の保険証が見つかったことで確認されたと書いてある。しかし、それだけで断定できるのか。あそこにいたホームレスは小村にまちがいないはずだ。私は葉書ももらっているし、琴美とその場所も確認している。小村が何らかの理由で、塙の保険証を持っていた可能性はないのか。だが、もしそうだとしたら、小村と塙は接触があったということだ。

私は混乱しながら記事を読んだ。襲撃の犯人については情報がなく、記事はもっぱら被害者が元医師だったことに集中していた。遺体は数年に及ぶ路上生活のため、垢《あか》にまみれ、髪も髭《ひげ》も伸び放題で、とても医師には見えなかったらしい。医療格差が増大し、負け組の医師がここまで身を落とす異常事態について、識者がコメントを寄せていた。被害者の身元確認については、保険証云々《うんぬん》以上の説明はなかった。

私は琴美に電話をかけて、安達から聞いた話を伝えた。琴美も記事を読んでいて、私が言っていたのと名前がちがうことに疑問を感じていたらしい。しかし、彼女はもともと亀戸のホームレス医者の名前まで知っていたわけではないので、単なる勘ちがいだと思ったようだ。

「わたしが知ってたのは、あのホームレス医者が上野にいたころ、評判が最悪だったってことだけだからね。江東区に来てからのことは詳しく知らない」

「上野にいたのはほんとうに小村だったんだろうか。小村なら貧相な体格で、顔はバッタみたいに尖った感じなんだが」

「顔までは見てないわ」

「しかし、小村から来た葉書には、江東亀戸一郵便局気付とあったから、やっぱりあそこにいたのは小村だと思うんだけど」

私は例の葉書を取り出して、字面をふたたび観察した。せせこましくて高飛車な文面は、小村にふさわしい気がした。だが、ブルーシートの住処《すみか》にジャズの本があったことは、塙の可能性をうかがわせる。殺されたのは塙なのか、小村なのか。

納得がいかないと告げると、琴美は知り合いの記者に聞いてみると言ってくれた。

報告は翌日に来た。

警察担当の記者によると、被害者の身元の根拠になったのは、やはり私たちが訪ねたブルーシート内で見つかった塙名義の保険証だったらしい。それで富山県にいる塙の妹に連絡がいき、彼女が急遽《きゅうきょ》、上京して、遺体の確認をしたのだという。念のためＤＮＡの簡易鑑定も行われたが、被害者は塙にまちがいないとのことだった。

それなら二通目の葉書を出したときまでは、小村があそこにいて、そのあとで塙と入れ替わり、直後に襲われたというのか。それとも、もともと塙があそこにいて、小村の名前で私に葉書を書いたのか。いや、それは考えにくい。とすれば、二人はどういう事情で入れ替わったのか。

小村は葉書で私の返事を求めていた。それなのに何も告げずに行方をくらますだろうか。

さらに、葉書にあった『〝勝ち組医師テロ〟の処方に関わる重大な情報』も気にかかる。それが塙との関わりを意味するのなら、彼の死でテロは終息するのか。

そもそも、塙を殺害したのはだれなのか。ひところよくあった単純なホームレス狩りにしては、あまりにタイミングがよすぎる。

ただ、ひとつ新たな事実が判明した。琴美の知人の記者によれば、塙の妹は岡川貴志《き し》子《こ》といい、現在、富山県の高岡市に住んでいるということだった。

15

コーヒーカップに両手を添え、黒い液面に視線を落とす。仄赤《ほのあか》い光が、木目のテーブルを穏やかに照らす。久しぶりのエディだ。

パラゴンから流れてくるのは、スタン・ゲッツ&アストラッド・ジルベルトの『GETZ AU GO GO』。ささやくような歌声と鋭いサックス、気怠《けだる》い叙情に思わず陶酔する。いかにも古きよきマンハッタンを思わせる。もちろん私は一九六〇年代のマンハッタンなど知らないけれど。

ジュラルミン製の扉が開いて、琴美が入ってくる。人差し指で合図をすると、数人しかいない客と目を合わせないようにそそくさと近づいてきた。

「ヒロさんにしてはシャレた店ね」

「注文は代金と引き替えだよ」

ジャズ喫茶に慣れないようすの琴美は、マスターにコーヒーを注文すると、メニューを確認して早々に小銭をテーブルに置く。

コーヒーが運ばれてくると、ひと口だけ啜《すす》って言った。

「例の葉書、見せてくれる?」

私は鞄《かばん》からクリアファイルに入れた小村の二通目の葉書を取り出した。一通目は残念ながら妻がゴミ箱に捨てたのでない。琴美は葉書の表と裏を見返して、文面を読みはじめた。

「たしかに〝勝ち組医師テロ〟のことが書いてあるわね。『処方』ってどういう意味かしら」

琴美もそこに引っかかったようだ。

「それで塙氏がこのテロに関係していたというわけ?」

「わからないけど、狩野と安達はそう疑ってた」

全医機の狩野と安達が私の同級生で、彼らが学生時代に『豚に死を』と書いた塙のビラを見たことは、前に琴美に話してあった。

「小村氏は以前、狩野氏に就職のことで迷惑をかけたと言ってたけど、いつごろのこと」

「三年くらい前だ」

「じゃあ、連続テロが起こる前ね。ということは、小村氏は狩野氏から情報を得たわけじゃないってことか」

「そうだけど、小村は塙が犯人だと断定してるわけじゃないよ」

「でも、ほかに心当たりは」

私は首を振る。

「この葉書が届いたのはいつ」

「琴美と亀戸のブルーシートを訪ねる五日前だ。遺体が発見されたのは、亀戸を訪ねた四日後、いや、記事が出た前日だから三日後か。そうすると、投函《とうかん》してから襲われるまでは九日間。もし、葉書の差出人が小村で、襲われたのが塙だとしたら、その九日の間に入れ替わったことになる」

自分で計算しながら、そんなことがあるだろうかと疑問だった。

「なんだか無理がありそうね」

琴美も同じ気持のようだ。考えながら続ける。

「じゃあ、亀戸のホームレス医者は、もともと塙氏だったのかしら。それなら入れ替わる必要はないけれど、葉書の差出人を小村氏の名前にしているのが腑に落ちないわね。

何か思い当たることはある？」

「いや」

「どっちにしても、疑問が残るってわけか……」

ボサノヴァとジャズのセッションが終わり、琴美のため息がレコードのチリチリ音に重なる。マスターがレコードを替える間、我々は申し合わせたように黙っていた。次にかかったのは、ビル・エヴァンス・トリオの『Time Remembered』だった。静かなピアノ曲の多いアルバムだ。

「遺体の身元確認だけど、あれから何かわかった？」

私が聞くと、琴美は「それなのよ」と、顔を近づけてきた。

「知り合いの記者の続報なんだけど、あの襲撃はどうもふつうのホームレス狩りとはちがうようなの。よくある少年グループのホームレス狩りだと、半分ゲーム感覚だから、行き当たりばったりで、たいてい目撃者がいるの。ところが、今回はまるで目撃証言が出てこない。あの晩は雨だったせいもあるけど」

「人目につかないことを計算した襲撃だったということ？」

「断定はできないけど、その可能性は大ね。解剖でわかったんだけど、死因になった頭部への殴打は強烈な一撃なの。少年のホームレス狩りだと、致命傷にならない傷が多数あるのがふつうだからね。今回の攻撃は明らかに強い殺意があったってこと」

「じゃあ、襲撃は通り魔的なものではなく、あらかじめ相手が塙だとわかって殺すつもりだったというわけか」

「おそらく」

琴美はまばたきを繰り返し、いったん身体を引いて謎かけをするようにささやいた。

「それから、わたしたちがブルーシートを訪ねたときにバールみたいな工具があったでしょ。それが事件のあと、見つかっていないらしいわ」

重苦しい沈黙が下りる。塙と入れ替わるとき、小村は身のまわりの品をすべて置いて、あのバールだけ持って立ち去ったということか。

「しかし、いったいどうして塙が狙われたんだろう」

理由がわかるはずもない。唯一の可能性は、やはり〝勝ち組医師テロ〟との関わりだが。

思いを巡らせていると、琴美はまだ言うべきことがあるというふうに顔を寄せてきた。

「ほかにも妙なことがあるのよ。身元を確認に来た妹さんが、遺体を見ても涙を流さなかったというの。警察が事情を聞いたところ、塙氏は三年ほど前から音信不通で、妹の貴志子さんも塙氏の居場所をずっと知らなかったそうなの。ホームレスになっていたことも、今回の事件ではじめてわかったらしくて」

「連絡もつかないまま放ってたのか」

「らしいわね。捜索願も出してなかったそうだから」

いったい二人はどんな関係だったのか。情の深いところのある塙なら、たった一人の妹と音信不通になるとは思えないが。

「まあ、兄妹《きょうだい》でも疎遠なケースはあるからね」

琴美はコーヒーを口に運び、上目遣いに私を見た。パラゴンからの旋律が静かに空気を支配する。知的だが深い悲しみを秘めたビル・エヴァンスのピアノと相まって、琴美の話は私を憂鬱にさせた。三年も音信不通だった兄がホームレスになっていて、殺害されて見つかった。なのに、妹は涙も見せない……。

「気になるんなら、話を聞きに行く？　その妹さんに」

「そうだな」

「じゃあ、日を決めてよ。わたしも同行するから」

岡川貴志子の連絡先は、琴美の知り合いの記者が調べてくれていた。琴美はノンフィクションライターとして、何か感じるところがあるようだった。

16

岡川貴志子の住所は、富山県高岡市伏木矢田上町《ふしきやたかみまち》だった。地図で見ると、ＪＲ氷見《ひみ》線と国道415号線に挟まれた地区で、市の中心を流れる小矢部川《おやべがわ》の河口に近いところだ。

私はまず彼女に手紙で面会を求めることにした。塙が亡くなったことを知り、同級生として線香を上げさせてほしいと頼んだ。一週間待っても返事が来ないので、電話をかけたが、返事は芳しくなかった。遠方なので、気持だけありがたくいただいておくというのだ。面会をいやがっているようでもあった。

貴志子の声は低く、ふだんから口数の少なそうな感じだった。私は面会の約束を取りつけるため、わざと思わせぶりな言い方をしてみた。

「実は少し前に、塙君らしい人物から葉書をもらっていて、気になることもあるので」

「気になること、ですか」

「ええ。葉書の差出人が別の名前になってるんです」

「どうしてそれが兄からの葉書だとわかるんですか」

「葉書を見てもらえればわかると思うのですが」

電話の向こうから、思案する気配が伝わってきた。私はもうひと押しした。

「だから、ご焼香させていただくついでに、その葉書を見ていただけないかと思いまして」

「……わかりました。わざわざご足労いただくのは恐縮ですが、ご都合のよろしいときにお出《い》でください」

私はいったん電話を切り、琴美と都合を合わせて貴志子との面会を設定した。

日曜日の午前十時半、東京駅で待ち合わせて北陸新幹線の「かがやき」に乗った。富山で乗り換え、高岡に着いたのは午後一時すぎ。駅前で軽い食事を摂り、タクシーで貴志子の家の前まで来たのは、約束の午後二時の十分前だった。

「ずいぶん、のどかなところね」

琴美が空に向けて両腕を伸ばした。日本海側特有のどんよりした曇り空で、東京よりはかなり涼しく感じられる。貴志子の家は、築五十年はたっていそうな古い平屋だった。玄関脇にピンクのオダマキソウが可憐《かれん》な花を咲かせている。

時間ちょうどにインターフォンを押すと、引き戸が開いて貴志子が出てきた。色白の和風美人で、塙に似て潔癖そうな風貌である。

六畳の和室に案内され、まず仏壇に線香を供えた。遺影はスナップ写真を引き延ばしたもので、ずいぶん前に撮られたもののようだった。沖縄か奄美らしい真っ青な空の下で、半袖姿の塙が眩《まぶ》しげに目を細めている。

仏壇の周囲には、果物などの供え物はあるが、遺骨の箱が見当たらなかった。

お悔やみを述べてから、私は貴志子のようすをうかがいながら訊ねた。

「ご遺骨は、今、どちらに？」

「葬儀をすませたあと、岡川の墓に納骨いたしました。ちょっと早いとは思ったのですが、身内はわたしだけですので」

「ご両親は」

「母は二年前に亡くなりました。塙のほうは存命だと思いますが、兄はむかしからあちらの家を嫌っておりましたから、連絡しませんでした」

塙が養家といい関係になかったことは、私も学生時代に聞いていた。父親は富山の県会議員で、婚外子の光志郎にははじめ母方の岡川姓を名乗らせていた。しかし、彼が創陵大学の医学部に合格したとたん、養子縁組の話を持ち出し、専門課程に進んだときに塙姓に変えさせたのだった。塙は不愉快だったようだが、母親がぜひにと望んだので渋々受け入れたと話していた。学費や貴志子の養育の問題があったのかもしれない。それにしても、貴志子が独断で納骨するのはやや乱暴ではないか。

事情を聞こうかと思っていると、貴志子が遮るように声を強めた。

「それより、兄が出したという葉書を見せていただけますか」

私はクリアファイルに挟んだ葉書を取り出した。貴志子は宛名面を確認し、続いて文面を読んだ。眉間に不審の表情が浮かんでいる。読み終えてから、もう一度、宛名面を見直して言った。

「差出人が小村先生になっているじゃないですか」

「小村をご存じなんですか」

貴志子は答えず、逆に問うてきた。

「どうして、これが兄からだとおっしゃるんですか」

「連絡先が『江東亀戸一郵便局気付』になっているでしょう。あのあたりで路上生活をしていた人物は一人だけで、その住処になっていたと思われるブルーシートから、お兄さんの保険証が見つかったのです。警察からお聞きだと思いますが」

「でも、どうして小村先生の名前で出したのかしら」

「私にもわかりません。その前にお訊ねしますが、その葉書の筆跡は、塙君のものでしょうか」

貴志子はもう一度、葉書の両面を見直し、しばらく考えてから私にもどした。

「どうでしょう。兄の字はもう長いこと見ておりませんから」

「なるほど。ところで、さっき小村のことをご存じのようにおっしゃいましたが？」

重ねて聞くと、貴志子は私や琴美のほうを見ずに、無表情に答えた。

「小村先生のことは知っています。わたしが東京にいたとき、一カ月ほど部屋にお泊めしましたから」

「それは、どのような経緯で？」

「兄が連れてきたんです」

琴美と要領の得ない顔を見合わすと、貴志子は抑揚をつけずに語った。

「三年と少し前ですけど、兄はある事情で、奄美大島の病院にいられなくなり、東京のわたしのマンションにやってきたのです。当時、わたしは商社に勤めていて、広尾《ひろお》のマンションに住んでおりました。広めの2LDKだったので、兄には空いている一部屋を使ってもらいました。毎日ぶらぶらしていましたが、あるとき、同級生に偶然出会ったと言って、薄汚い男性を連れてきたのです。それが小村先生です。彼も失業中だから、しばらく泊めてやってほしいと頼まれ、兄が使っている部屋を使うのならと了承いたしました。小村先生は一カ月ほど兄の部屋にいましたが、ある日、仕事が見つかったからと出て行かれました。そのすぐあとで、兄も出て行くと言って、それっきり連絡が途絶えてしまったのです」

「お兄さんはどこへ行くとも言わずに出たのですか。勤務先も住む場所も告げずに？」

「そうです」

「ご心配じゃなかったですか」

「兄は勝手に転がり込んできて、勝手に出て行っただけですから」

貴志子は怒ったように目を背けた。

「でも、たった一人のお兄さんでしょう」

「そうですけれど、兄はわたしには厄介な人だったんです。いきなり仕事をやめて転がり込んできて、同級生か何か知らないけれど、得体の知れない人を連れてくるし、毎日、明るいうちからお酒を飲んで、わけのわからないことばっかり大きな声でしゃべるし」

「わけのわからないこと？」

「日本の医療がどうとか、医療格差は許せないとか、偉そうなことばかり」

「小村とそんな話をしてたんですか」

「小村先生のほうがいつも荒れていました。勝ち組の医者をずいぶん悪く言って、卑怯だとか、許せないとか、よく怒鳴っていました。今にあいつら皆殺しにしてやるとかも」

皆殺し？　その言葉に引っかかったが、とっさに顔に出さないようにした。琴美も敏感に反応したようだ。

それにしても、塙はなぜ小村の面倒を見たりしたのか。学生時代、塙は上昇志向の塊のようだった小村を毛嫌いしていたはずだが。

「塙君はどう対応してましたか」

「兄は小村先生に同情的で、今の医療システムが悪いから、優秀な医者が実力を発揮できないとか、要領のいい医者ばかりが評価されるのはおかしいと言ってました。医者はもっと使命感を持つべきだとも」

医学生のころから正義感の強かった塙なら、そういうことも言うだろう。泊まるところのない小村の面倒を見たのも、彼一流の義侠心《ぎきょうしん》からかもしれない。しかし、一カ月も妹のマンションに転がり込んだまま、酒を飲み続けていたというのは、どうも塙のイメージに合わない。

「私が知っている塙君は、仕事もせずにお酒を飲むような人ではなかったはずですが」

「兄もいろいろあったんでしょう。人は変わりますから」

貴志子は目を逸《そ》らして投げやりに言った。

「小村が出て行くとき、勤め先は言ってませんでしたか」

「いいえ」

「貴志子さんの部屋を出たあと、塙君が小村と連絡を取っていたかどうかわかりませんか」

「存じません」

「葉書に、『〝勝ち組医師テロ〟の処方に関わる重大な情報』とありますが、何のことかお心当たりはありませんか」

「いいえ」

「『豚ニ死ヲ』という文言には?　塙君は学生時代に似た言葉をペンケースに書いたり、アジビラの檄文に使ったりしていたようなのですが」

「そんな前のことはわかりませんし、兄とはこの三年、音信不通だったのですよ。なぜ兄が小村先生の名前を使ったのかも、テロとの関係も、まったく知りません」

貴志子はこれ以上の追及はうんざりだといわんばかりに横を向いた。

話題を変えたほうがいい。私は貴志子の東京での生活に話を向けた。彼女は東京の大学を出たあと大手の総合商社に勤めていたが、二年半前に母親が胆のうがんになったため、高岡にもどったのだという。母親を自宅で看取《みと》ったあと、東京へはもどらず、今は越前銀行の高岡支店で契約社員として働いているとのことだった。

少し気分が変わったところで、私は塙の医学生時代のことを話した。

「塙君はほんとうにいい学生でした。実習で知的障害児の施設に行ったとき、私たちはどう接していいかわからなくて、もじもじしていたのですが、塙君はさっと手をつないで歩いてました。子どもたちもわかるんですね、分け隔てなく接してくれる相手が」

多摩湖畔《たまこはん》にある狭山《さやま》コロニーという施設だった。あのときの子どもたちの無邪気な声がよみがえる。塙はどの学生より障害児たちに好かれていた。

貴志子が苦しげにつぶやいた。

「たしかに、兄は優しくて、頭がよくて、わたしには自慢の兄でした。でも、そのあとで変わったんです」

どんなふうに変わったのか。いったい何があったのか。聞きたかったが、迂闊《うかつ》には聞けない気がした。

話が途切れた隙を衝いて、琴美が訊ねた。

「ご遺体の身元の確認では、ＤＮＡ鑑定までされたとうかがいましたが、サンプルはどうされたのですか」

「それは兄のブラシに残っていた髪の毛を持って行きました。警察から連絡があったとき、念のためにDNA鑑定に使えそうなものがあればと言われたので」

「よく残っていましたね」

「広尾のマンションに置いてあったのを、わたしがこちらへ持ち帰っていたのです」

琴美はそれ以上聞かなかった。貴志子が限界近くまで苛立っているのは明らかだったからだ。彼女は兄と異なり、感情的になっても富山弁が出ることはなかった。

「いろいろ根掘り葉掘りお聞きして、すみませんでした。お兄さまを亡くされたばかりなのに、ご不快な思いをさせたことを、どうぞお許しください」

私は琴美をうながして、立ち上がった。

東京から三時間以上かけて来たが、さしたる収穫はなかった。わかったのは、塙が一時期、貴志子のマンションで小村の面倒を見ていたことくらいだ。

「くたびれもうけだったな」

かがやきのシートにもたれてつぶやくと、琴美は「そう?」と目の端で試すように私を見た。視線を宙に移して、独り言のように洩らす。

「わたしは、貴志子さんがちらっと言ってた塙氏が奄美大島の病院にいられなくなったある事情というのに、興味があるけど」

17

〈私は表立って動くわけにはいかない。状況が状況だからな。君の協力が必要なんだ〉

〈先生のためなら何でもしますよ〉

〈すまない。現状をこのまま放置しておくわけにはいかない。面倒をかけるが、よろしく頼む〉

〈やれるところまでやりますよ。志は変わっていませんから、二十年前と〉

＊

『狩野総裁「医道八策」を発表』

日読ガゼットの一面トップに、五段抜きの大きな見出しが躍っていた。

ネオ医療構想を具体化するために、全医機の執行部が、医療改革の基本案を取りまとめたのだった。私も部分的には聞いていたが、全体像を見るのははじめてだ。

新聞は「医道八策」を囲み記事で次のように報じていた。

『一、医師免許の更新制
二、医師および医療機関の年俸制

三、無駄な医療の撤廃
四、医師の再教育プログラム
五、医師のキャリア管轄
六、医師配置の管轄
七、医療機関の経営統括
八、患者説明の徹底』
記事の解説では、狩野の主張に沿った説明がつけられ、三面には、「医療改革いよいよ本番」と題する社説が載っていた。

「どう思う、これ」

ダイニングテーブルの向かいにいる妻に、囲み記事の部分を拡大して見せた。彼女は半分ほど読んで、すぐにタブレットを返してきた。

「わかんないわよ。患者はとにかくいい医療を、安く、早く、安全に受けられたらいいと思ってるだけだから」

「どこかの牛丼屋みたいだな。だけど、いい医療にはお金がかかるし、安全にも手間がかかる。無駄な医療はやめなければいけないし、医者の金儲け主義もだめだろう」

「だから、狩野先生に任せてみたらいいじゃない。わたし、彼に期待してるのよ」

それだけ言って、妻は自分のタブレットでショッピング情報を見はじめた。

私は全国紙を順に開いて、それぞれの記事を比べてみた。日読ガゼットと産実新聞は狩野に好意的、現日新聞と毎報デイリーは批判的、日政タイムズは中立かやや反狩野という印象だった。

「今度、お台場のナレッジフロント東京で、狩野の講演会があるんだけど、聴きに行く？」

ダメ元で誘ってみると、妻は「行く行く」と即答した。

「狩野先生の話がナマで聴けるんでしょう。あの人の声、独特の甘さがあるのよね。見た目も魅力的だし」

まるでタレント扱いだが、たしかに狩野は話がうまい。むずかしい話でも、適当にユーモアを交えて単純化する。巧みな話術で聞き手を惹きつけるのは、学生時代からの彼の得意技だ。

次の土曜日、私は妻とお台場のナレッジフロント東京に行った。会場は千五百人収容の大ホールで、着いたのは開会時刻の三十分前だったが、すでに満席に近かった。

「すごい人気ね。わたしたちは前のほうに座れるんでしょ」

全医機の執行部に話を通して、関係者席を取ってもらっていたので、妻と私は壁際の通路を前方に向かった。

午後二時ちょうどに、司会の梶原三郎《かじわらさぶろう》医師が舞台の袖に現れ、講演会の開始を告げた。

梶原は御年六十二歳の全医機の副総裁だ。冴《さ》えない風貌の内科医で、もともとは前総裁のイエスマンだったが、今は狩野のイエスマンと言われている。

　狩野は満場の拍手に迎えられ、晴れやかな笑顔で登場した。挨拶のあと、得意の悪戯《いたずら》っ子のような笑顔で聴衆に語りかける。

「今日は新聞に発表した『医道八策』をわかりやすく説明しますから、居眠りしないで聴いてくださいね。それにしても、新聞ってどうしてあんなに説明が下手なんですかね。あの『医道八策』の解説、発案者の僕が読んでもよくわかりませんでしたよ」

　会場が演芸ホールのような笑いに包まれる。その雰囲気に乗り、狩野はやや早口で八策の中身を説明する。

「最初の医師免許の更新制は、テレビでも何度も言ってますからみなさんもおわかりですよね。五年ごとの更新に加えて、医師を高い専門性を持つ『特医』と、一般的な『標準医』に分ける予定です」

　医師の二階級制は、安達によれば実質的な医師淘汰だが、もちろんそれは極秘事項で、制度が確立するまでは明かされることはないはずだ。

「二番目の医師および医療機関の年俸制、これは画期的なシステムなんです。出来高払いにせよ、包括払いにせよ、これまでの医者は常に頭のどこかで収益を計算しながら医療をしていました。収益を挙げるために、無駄な医療をしたり、逆に必要な医療を省いたりですね。定額年俸制にすれば、収益と医療が完全に切り離されますから、純粋に医学的な判断で診療が行えるわけです」

たしかに医療者の年俸制は新しいシステムで、年俸は良質な医療で早く患者を治した者が高額に設定されるから、医療者は自ずとよい医療に励むようになる。

「三番目の無駄な医療の撤廃も、テレビでさんざん言ってますから、みなさんご存じですね。健診だとか人間ドック、リハビリテーション、緩和ケア以外の末期がん治療、認知症治療など、効果が証明されていない医療は、実際問題、気休めも同然なんです。そんなものに貴重な医療費を費やすことはできないでしょう。無駄な医療は金儲け医療の温床でもあるのですから」

これは、治療に期待する患者には反発を招きそうな内容だったが、狩野はうまくすり抜けた。

「四番目は、えー、何でしたっけ。そう、医師の再教育プログラムですね。医療ミスの多い医師や、ドクターハラスメントなど、技術や性格に問題のある医師を集めて、徹底的に再教育するシステムです。これによって、知識と技能だけでなく、人格面でも医師の質を保証します。五番目は医師のキャリアの管轄。これまで、医師は何科に進むのも自由でした。だから、楽で、安全で、儲かる科に医師が集まった。医療訴訟や緊急の患者、死ぬ病気が多い科に行かないのは当然です。その自由を制限して、各科のバランスを確保します。六番目の医師配置の管轄も似たような発想ですが、医師の勤務地を自由にしていると、どうしても都市部に集中する。便利なだけでなく、患者も多いし、設備も整っているからです。子どもの教育にも有利です。僻地《へきち》や離島に行ったら、医者が少ないから責任も重く、休みも取りにくい。かつては大学の医局が地域医療を支えてきましたが、それが機能しなくなった今、全医機がその代わりをする必要があるのです」

五番目と六番目は医師の自由を制限する方策で、医師からの反発が予想されるものだ。しかし、世間からすれば、医師が痛みを伴う改革ということで、好意的に受け取られるだろう。

「さあ、残りはあと二つです。大丈夫ですか、眠くなってません？」

狩野はうまい具合に緊張をほぐす。

「七番目は、医療機関の経営の統括です。こういうのがいちばん説明がむずかしいんですが、要はこういうことなんです。医療機関の経営を自由にさせると、一方では、金儲け主義の院長が収益を挙げることばかり考え、もう一方では、手腕のない院長が、赤字経営で病院をつぶしてしまう。経営と医療とは、本来、別物なんです。医師は医療に専念すべきです。しかし、医師でない者が経営にあたると、営利追求で医療が荒れる。だから、全医機で経営を統括するんです。そうすることで、全国どこへ行っても、均一な経営姿勢の医療が受けられます。さて、最後です。患者説明の徹底は、日本の医療にある独特の悪《あ》しき習慣、暗黙の了解とか、阿吽《あうん》の呼吸とかを排することです。曖昧な説明は誤解のもとです。正確な説明で、患者さんと医師が同じ情報を共有してこそ、健全な医療が行えるのです。三番目の無駄な医療の撤廃とも連動しますが、無益な治療ほど患者さんを苦しめるものはありません。ネオ医療構想ではそうした悪弊を取り除き、真に有益な医療で、すべての患者さんに安心をお届けしたいのです」

狩野の説明は、当たり前のことだが、自分に都合のいい話ばかりだった。それをさも公平なように聴かせるのが、彼独特の話術である。狩野は得意の笑顔で会場を見渡し、講演続きでかすれ気味の声で話を締めくくった。盛大な拍手が湧き起こる。

しかし、会場の左側の前半分ほどの拍手は、妙に早く収束したようだった。

18

狩野はそのまま演壇に残り、水差しからコップに水を注いで喉を潤した。司会の梶原がマイクを取り、質疑応答に移った。

こういう場では、通常、遠慮してなかなか手が挙がらないことが多い。ところが、左前方の席から「はいっ」と声がして、複数の手が挙がった。係員がマイクを持って走る。梶原に指された長髪の質問者は口早に名乗った。よく聞き取れなかったが、左派系の病院の勤務医のようだった。

「『医道八策』の五番目と六番目ですが、これは憲法で保障されている職業選択の自由と、移転の自由に違反するのではありませんか」

いきなり憲法違反とは唐突な気がしたが、質問者は悪びれたようすもなかった。

狩野は相手を見極めるように見つめ、それでも好意的な笑顔で答えた。

「たしかに、そういう見方もできるかもしれません。しかし、よく考えてください。一般のサラリーマンだって、技術職につきたかった人が営業にまわされたり、現場を希望しても、内勤をさせられたりしますよね。転勤だって、命じられれば、従うか会社をやめるかのどちらかしかない。これって、憲法で認められた自由が必ずしも通らないということじゃないですか。医者だけが憲法通りの自由を求めるのはどうなんでしょうか」

「サラリーマンの職種と、医師の科の選択はまったく次元がちがうでしょう。転勤だって、医局制度で無理やり異動させられていたむかしにもどれと言うんですか。時代錯誤も甚だしい。そんなんでは医師は従いませんよ」

質問者の横柄な口ぶりに、狩野の表情が強ばった。梶原が流れを変えるため、そそくさと次の質問者を指名した。

立ち上がったのは、化粧気のない気の強そうな女性だった。

「狩野先生の説明では、医療機関の経営が全国で均一化されるとのことですが、それは医師の公務員化ではありませんか。イギリスの例を見るまでもなく、医師が公務員化すれば、病院間の競争がなくなり、サービスの低下、業務の非効率化は避けられません。医師が独自によい医療を提供しようとしても、均一化に阻まれる危険もあります。よりよい医療を行うためにも、自由競争は必要ではありませんか」

「いやいや、これまで自由にやってきたから、医療の格差が広がったんでしょう。それに経営の統括は、医師の公務員化とはちがいますよ。良質な医療をすれば、年俸に反映されるんだから、競争原理は働くはずです」

狩野はきちんと回答したが、質問者はそれを無視して、まったく別の質問を繰り出した。

「医療と経営を分離した場合、医師は経済観念なしに医療を行うわけですから、医療費の増大は避けられないのでは」

「だから、無駄な医療をやめれば、医療費は抑えられるんですって。これまでの医療費の増大は、収益目的で無駄な医療が垂れ流されてきたからですよ」

狩野の答えが終わるか終わらないかのうちに、次の質問者が発言を求めた。今度はスキンヘッドにジャンパー姿の口うるさそうな男性だった。

「ボクも医者のはしくれですけどね、最後の患者説明の徹底って、病名告知も含まれるんですよね。がんの転移とか、治療法のない難病の患者さんには、日本的な婉曲《えんきょく》説明も必要じゃありませんか。ボクは何でも白黒つけたがるアメリカ式の説明が大嫌いなんです。それとも露骨な病名告知をしない医者は、再教育プログラムに送り込まれるんですかね」

会場に不穏なざわつきが広がる。壇上の狩野も険しい表情になっている。立ったままの質問者をにらんでいたが、ふっと力を抜くように言った。

「いやあ、病名告知の回避だけで再教育プログラムには送られませんが、医師としてそのへアスタイルはちょっとどうかと思いますね」

会場に笑いが起こる。ところが、質問者はその何倍もの音量でマイクに怒鳴った。

「人がまじめに質問しているのに、茶化すのは失礼じゃないか！」

狩野もすぐさま反論する。

「そっちこそ、再教育プログラムを茶化したじゃないか」

「茶化してなどいない。ボクが言いたいのは、患者さんには知る権利もあるのと同時に、つらい病気などは、知らないでおく権利もあるということですよ」

「何を言ってるんだ。そんな甘っちょろいことを言ってるから、いつまでたっても成熟した医療が行えないんだ」

狩野の声が苛立っている。まずい展開だ。質問者はわざと狩野を挑発している。言葉尻を捉えて、さらに議論に引き込もうとしているようだ。

「成熟した医療とは何です」

「感情に流されない医療ですよ。無益な医療を峻別《しゅんべつ》して、合理的な判断で進める医療です」

「それって、単なるマニュアル医療じゃないですか。医療には情が必要でしょう。ひとりひとりの患者さんに寄り添い、苦しみや不安に共感して、身体だけでなく、精神面でも細やかな対応をすべきではありませんか」

「きれい事を言うな。そんな甘言で患者の気を惹き、無駄な医療で儲けてきたのが日本の医療じゃないか。無駄な薬、無用の検査、効きもしない注射や点滴、かつての老人病院を見てみろ。出来高払いのときは全患者に朝夕の点滴をしていたくせに、包括払い制度になったとたん、いっさいしなくなっただろう。儲けることしか考えず、無駄な医療を垂れ流してきた証拠だ」

　左前方の席から、数人の男性が立ち上がって声を荒らげた。

「患者はその点滴で安心していたんだ。あんたは無駄な医療と言うけれど、患者には必要な医療なんだよ」

「そうだそうだ。あんたの主張は患者を見捨てることだ。無駄をなくすという名目で、命の選別をしてるんだ」

「助からない患者でも、最後まで治療を受ける権利はあるんだ。効果がないとか、医療費の無駄とかの理由で、医療を奪い取るような行為は、断固、許さないぞ」

　不規則発言が相次ぎ、収拾がつかなくなった。

　司会の梶原はおろおろするばかりで、まるで進行の舵取《かじと》りができない。会場の左前方から盛んにヤジが飛ぶ。どうやら、反狩野派の聴衆が動員されているようだった。

「いったいどうなってるの。だれか止めないとだめじゃない」

　妻が顔を寄せて声をひそめる。こんなとき、安達がいれば強引に会場の発言を抑えただろうが、彼は出張で不在だった。もしかして、反狩野派はそれを見込んで攻撃を仕掛けたのか。

　壇上から混乱を見つめていた狩野が、大きく息を吸って、静かに、しかし決然とした声で言った。

「わかりました。今、述べられた反論は、真摯に受け止めます。みなさんが批判されるのもごもっともです」

　意外な発言に、一瞬、ヤジが静まった。その隙を衝いて、狩野が反撃に出た。

「しかし、今言われた医療は、ぜいたくな医療なんです。そのぜいたくな医療は、だれが経費を負担するんですか。金持ちからふんだくるんですか。努力して、頑張って、やっと収入の増えた人からむしり取るんですか。そんな理不尽なことってないでしょう」

　狩野は左前方以外の聴衆に向かって強く主張した。ふたたびヤジが活発化する。

「診療報酬が高すぎるんだ。それを抑えれば医療費は増えないぞ」

「医は仁術《じんじゅつ》と言うだろう。忘れたのか」

「そうだ、医者の収入を下げろ」

反狩野派の医師以外の聴衆も声をあげているようだった。狩野は激しい言葉遣いで反論する。

「医師の収入を下げたら、優秀な人材が集まらないんだよ。レベルの低い医師が増えれば、日本の医療の質も下がるんだ。自分で自分の首を絞めることになるのがわからんのか。少しは頭を使え。わからないくせに文句を言うな。専門家が必死に考えて、最良の方策を提示しているんだ。素人は黙って従え」

狩野は完全に冷静さを失っていた。彼のほうこそ、自分で自分の首を絞めていることがわかっていなかった。

梶原はマイクを持つことも忘れ、会場が荒れるままに任せている。狩野の暴言に、反狩野派の怒りは頂点に達し、「横暴」「独裁者」「馬鹿野郎」などの怒号が飛び交う。狩野はまんまと挑発に乗せられ、感情的になりやすい面を露呈してしまった。せっかくの「医道八策」の講演だったのに、蓋を開ければ、まるで狩野の失態暴露大会になってしまった。

全医機の執行部も同席していたはずなのに、梶原をはじめ、だれも流れを止めようとしない。もしかすると、全医機内の反狩野派が、水面下で徐々に勢力を広げつつあるのかもしれなかった。

19

ナレッジフロント東京での講演会のあと、私が危惧した通り、メディアは盛んに狩野の醜態を採り上げた。質問者の挑発に乗って、感情的に反論する姿である。『きれい事を言うな』『少しは頭を使え』『素人は黙って従え』
テレビは前後の脈絡を飛ばして、失言のみを繰り返す。その映像は視聴者に刷り込まれ、狩野がとんでもない傲慢男であるかのようなイメージが拡散した。新聞も週刊誌も右へならえで、世間の空気が一方向に染まっていく。
そんな経過を見守りながら、私はメディアの恐ろしさを改めて痛感した。狩野のごく一部の面が、人格のすべてのように受け取られて広まる。絶大だった狩野の人気に翳《かげ》りが見えはじめた。しかし、もとはと言えば、狩野人気そのものがメディアによって作られたものではなかったか。
私は全医機の本部に足繁《あししげ》く通い、安達や豊田からいろいろな話を聞いた。狩野はときに感情的になることもあるようだったが、とりあえず次の手を考えているとのことだった。講演会をうまく仕切れなかった梶原副総裁は、狩野の逆鱗《げきりん》に触れ、担当なしの平理事に更迭された。

強者の力が弱まると、弱者が穴蔵から這い出してくる。全医機内でくすぶっていた狩野批判が、あちこちでささやかれるようになった。台風の目となったのは、内部組織の医師組合である。

医師組合は、勤務医の待遇改善や権利擁護を担当する部署だが、狩野が総裁になってから、大幅に業務が縮小されていた。医師の統括を目指す狩野の路線が、個々の医師の権利を守る医師組合と相容《あいい》れなかったからだ。

医師組合の委員長である土浦公平《つちうらこうへい》は、創陵大学出身の耳鼻科医で、組合委員長には珍しい温厚なタイプだった。私も何度か会ったが、十年も先輩なのに、いつもていねいに応対してくれる。銀髪の上品な紳士で、エネルギッシュだが粗野なところのある狩野とは、真逆の人柄だ。

スパイをするつもりはなかったが、私の耳にも反狩野派の動きは入ってくる。それを安達や豊田に伝えると、すべて極秘の資料に記録された。狩野は安達たちに強硬策を指示したようだった。

執務室には防音扉がついているのに、それでも警戒して安達は声をひそめた。

「今、反狩野派の医師のリストを作ってるんだ。彼らを徹底的に抑え込む予定だ」

「どうやって」

「厚生局の個別指導を使う」

　私を見た安達の目が怖かった。明らかに警告の色を含んでいる。事務局長というより秘密警察の長官のようだった。

「ピンチは最大のチャンスと言うだろう。総裁は間もなく、世間があっと驚く手を打つ。新勢力と共闘して、ネオ医療構想実現のための政治活動を開始するんだ」

　同席していた豊田によると、右派の新興政党と全医機の医道政治塾とで新党を旗揚げする計画だという。

「狩野総裁がコケたら、俺が全医機に寄付した三千万がパアになるからな」

　豊田が冗談めかしながら、媚びるように安達を見る。それを受けて、安達は心配ないとばかりデスクチェアにもたれ、足をアメリカ人のように机に上げた。

「ネオ医療構想の第一段階は、医師の再教育プログラムの発動だ。好ましからざる医師を次々摘発して、再教育プログラムに送り込む。教育効果が見られなければ、『標準医』に格下げして、実質的に医師の地位を剝奪する。ネオ医療構想に批判的な医師や不満分子も、これで一掃だ」

　まるで恐怖政治だと思ったが、口には出さなかった。批判的と見られたら、私もいつ追い落とされるかしれないからだ。

安達は狩野の提唱するネオ医療構想が、日本の医療をよくする唯一の道だと信じているようだが、そこには極端な理想に走る革命家にありがちな狂信性が見え隠れした。閉鎖集団の内部で暴走する理想や正義ほど、怖いものはない。

塙がホームレス狩りで死んだあと、私に対する安達の態度は明らかに変化していた。塙の調査を依頼してきたときは低姿勢だったのに、もはや〝勝ち組医師テロ〟を恐れる必要がなくなったからだろう。

しかし、事態は思わぬ展開を見せた。

芦屋《あしや》市の六麓荘《ろくろくそう》にある上園《うえその》記念ホスピタルで、第四の〝勝ち組医師テロ〟が発生したのだ。

20

上園記念ホスピタルは、富裕層を対象にした自由診療の病院で、大理石の石柱を備えたファサードはニューヨークの最高級のホテルを彷彿《ほうふつ》させる豪華な施設である。

事件はその病院の医師専用ラウンジで起こった。ウォーターサーバーに亜ヒ酸が混入され、医師二人が死亡、五人が中毒症状で大学病院に入院したのだ。

ほどなく、同病院の院長宛に切り貼り文字のメッセージが届いた。

『天誅《てんちゆう》
金持チ患者バカリ　治療スル　えごいすと病院ニ
正義ノ　鉄槌《てつつい》ヲ　下ス
豚ニ死ヲ』

メディアはいっせいに事件を報じ、世間の目はふたたび勝ち組医師を狙った凶行に釘《くぎ》付《づ》けとなった。

折しも医療格差の拡大により、世間は医療不安を煽るニュースに揺れていた。肺がんの特効薬が年額三千五百万円にもなるため、医師により〝命の費用対効果〟が議論されたり、認知症の新しい検査が高額のため、経済的に余裕のある者しか受けられなかったりした。低所得者向けの病院で、抗生物質を水で薄めて使用した院長が逮捕されたり、使い捨ての注射針を使いまわして、二百八十人ものウイルス性肝炎患者が発生したりもした。さらには年収別の平均余命が発表され、年収三百万以下の世帯と二千万以上の世帯では、平均余命に十八年の差があることも判明した。まさに経済格差が命の格差に直結する状況である。

識者の中には、安全な医療や先進医療に金がかかるのは当然だとして、医療格差を容認する者も現れた。病気になっても安心して暮らせる社会などは、絵空事だという空虚感が広がり、厭世《えんせい》から自暴自棄になる者も現れた。

そんな中で、ぜいたくが目に余る超セレブな医師たちが標的になった今回の事件は、さまざまな反応を引き起こした。ネット上にはテロに共感する書き込みがあふれ、『豚ニ死ヲ』のフレーズはさまざまなところで引用された。私は医事評論家として、不安な思いを隠しきれなかった。今の日本の医療状況は、テロが支持を集めるまで悪化しているということだ。

今回の事件の犯人については、有力な手がかりは見つかっていないが、週刊誌は内部の者による犯行説を有力視していた。根拠は、これほどの病院ならセキュリティも厳重だろうし、医師専用のラウンジには患者や見舞客は出入りしにくいということだった。だが、それ以上、犯人につながる情報はなかった。

これまでの三件のテロについても、当然、捜査は継続されていたが、めぼしい進展は見られなかった。メディアによれば、「表参道倶楽部」での事件では、犯人が非常階段を使って逃走したと見られている。非常階段の踊り場のリノリウムの床に、強くこすった靴痕が複数残されていたからだ。

「日本肥満予防学会」の会長殺害では、日本刀が使用されたため、暴力団もしくは右翼関係者の犯行が疑われたが、周辺の聞き込み捜査で該当する団体は見つからなかった。

上野毛で循環器内科医が焼殺された事件では、事件直後に不審な車が目撃され、ナンバーの一部も判明していたが、未《いま》だ車の特定には至っていない。

芦屋の事件を知って私が最初に思ったのは、やはり〟勝ち組医師テロ〟には、塙は関わっていないということだ。もし、彼が首謀者なら、テロは彼の死とともに終息しなければならない。狩野と安達が二十年前に見たという『豚に死を』というビラは、やはり今回のメッセージとは無関係ということだ。

ところが、事件から数日後、安達から電話がかかってきて、「申し訳ないが、至急、全医機本部に来てくれないか」と頼まれた。安達の口調が以前の低姿勢にもどっていた。私は取るものも取りあえず全医機本部に向かった。

総裁室に通されると、そこには焦りと苛立ちに疲弊した狩野がソファに座っていた。髪は何度もかきむしったように乱れ、目は血走り、シャツの襟元も開いている。私の顔を見るなり、怯えたように声を震わせた。

「ほんとうに塙君は死んだのか。まだ生きてるんじゃないのか。どこかに潜んでいるのだろう」

「どうしてそう思うんだ」

「またテロが起こったじゃないか！」

まるで亡霊に取り憑かれたように蒼白になっている。目は虚《うつ》ろで、顎は小刻みに震え、完全に精神のバランスを崩しているようすだ。

「落ち着けよ。塙がテロに関わっているという証拠はないだろう」

できるだけ穏やかに言ったが、狩野は顔を背け、両手を震わせて無闇に膝頭を握りしめている。横にいた安達があきらめ半分に言う。

「総裁は例のメッセージがどうしても気になるようなんだ」

「『豚ニ死ヲ』か。あんなのただの脅しに決まってるじゃないか」

「じゃあ、だれがテロをやったって言うんだ」

「それはわからんよ。だけど、あれから狩野のところに、テロの予告か脅迫みたいなものがあったのか」

「……それはない」

「なら、気にすることないだろう。今回の芦屋の事件のメッセージも、単にこれまでのをまねただけかもしれないだろ」

安達に同意を求めると、「その通りだ」と声を強め、私と並んで狩野に向き合った。

「塙はまちがいなく死んでるよ。あのときの新聞の記事を見ただろう。警察がＤＮＡ鑑定までやって発表してるんだ」

「しかし、あの塙君がホームレスだったなんて、君らは本気にしてるのか。とても信じられない」

狩野がうつむいて激しく首を振る。まるで躁《そう》うつ病のような不安定さだ。安達がどうしようもないというふうに私を見た。私はひとつ咳払いをして言った。

「亀戸で殺されたホームレスが塙かどうか、僕もはじめは疑問に思った。それで君らには言ってなかったが、この前、遺体を確認した塙の妹さんに、富山県の高岡まで会いに行ってきたんだ」

狩野と安達が同時に私を見た。狩野は心ここにあらずという虚ろな表情、安達は不審と警戒の表情だった。

「妹さんは、殺されたのは兄にまちがいないと言ってた。DNA鑑定には、彼が残したブラシの髪の毛を使ったそうだ。だから、塙が殺されたのは紛れもない事実だよ」

「それならぜったいだ。総裁、やっぱり塙は死んでるんだよ」

安達は声に力を込めて言った。狩野はしばらく無言で私を見つめていたが、大きく息を吸ってからつぶやいた。

「そうなのか。じゃあ、芦屋の事件は、塙君のグループの残党がやったということか」

「どうしてそんなに塙にこだわるんだよ。ぜんぜん関係ない連中かもしれないし、そもそも別々の犯人の可能性のほうが高いだろう」

安達が付き合いきれないという表情で首を振った。そのあとで気を取り直すように続けた。

「百歩譲って、テロに塙が関わっていたとしても、もう彼はいないんだ。総裁が気にしてるのは、塙に言った〝お妾さん〟のひとことだろう。彼の残党がいくらテロを画策したって、塙が死んだらもう君には関係がない。よしんば、塙が仲間に恨みを洩らしていたとしても、二十年以上も前の言葉ひとつで、警護が厳重な総裁を狙うなんて、いくらなんでも馬鹿らしくてだれもしないに決まってる」

「……そうだろうか」

「そうさ」と安達は断言し、懇願するように言った。

「総裁がしっかりしてくれなきゃ全医機は前に進めないんだ。ネオ医療構想の実現も遠のくばかりだ。このまま日本の医療破綻が決定的になってもいいのか。医療格差の拡大と、大量の医療負け組を放置しておいていいのか。総裁はネオ医療構想で日本に理想の医療を実現しようとしてたんじゃないのか」

狩野がゆっくりと顔を上げる。目元にうっすらと赤みが差している。安達はこれまでさんざん繰り返してきた文言が、ようやく通じたといわんばかりに、いっそう早口でまくしたてた。

「塙の死が明らかになった以上、今回の芦屋のテロがだれの犯行かは問題じゃない。世間が注目してるのは、勝ち組と負け組の差があまりに露骨な日本医療の悲惨さだ。メディアは表向きはテロを批判しているが、勝ち組の医師を狙ったテロは、密かに世間の共感を集めているんだ。これは我々にとってチャンスだよ。大衆はまちがいなく新しい医療状況を望んでいる。今こそ、思い切った行動に出るべきなんだ」

　安達の説得に、狩野は徐々に復活しつつあるようだった。安達はわずかな火種を炎にすべく、懸命に言辞をヒートアップさせる。

「我々にはなすべき使命がある。そのための戦略も着々と進めてきただろう。我々はもうただの医師集団じゃない。もっと大きな目的に向かって、新しい一歩を踏み出そうとしているんだ。これまでだれもなし得なかった日本医療の大変革を成し遂げるんだ。それが我々の理想じゃないのか」

　揺れていた狩野の目線が定まり、自分の思いを確かめるように何度かうなずいた。

「そうだな。日本医療の大改革だ。我々の理想だ」

「総裁が先頭に立って、新しい一歩を踏み出すんだ」

「そうだ、新しい一歩だ」

　狩野は顔を上げ、自分に言い聞かせるようにつぶやいた。自らに暗示をかけ、なんとか力を呼び覚まそうとしているようだった。


……………

　一週間後、久しぶりに狩野の姿がテレビに映し出された。横に元厚労相の舛本憲司《ますもとけんじ》が座っている。狩野は以前同様、視聴者を惹きつける闊達な弁舌で宣言した。

『このたび、全医機の医道政治塾は、舛本元厚生労働大臣が率いる「うるわしの党」と合流し、新党「医道の党」を旗揚げするに至りました。我々が目指すのは、日本医療のラジカル・リセットです。医療システムを根本的に改革して、日本に理想の医療を実現させますよ』

テレビ、新聞、ネットのサイトは、このニュースをいっせいに大きく報道した。

21

「ここにいると時間を忘れるわね」

琴美はパラゴンから離れた席に座って、コーヒーを飲んでいた。エディで話そうと言ってきたのは彼女のほうだ。コーヒーが残り少ないところを見ると、約束の時間よりかなり前に来て、何曲か聴いていたのだろう。

彼女が壁際に座っていたので、私は珍しくパラゴンに背を向ける形で座った。かかっていたのは、ミルト・ヒントンの『milt hinton』。ベーシストのミルト・ヒントンが、ピアノとドラムの伴奏で、たっぷりソロを聴かせてくれる。ウッドベース本来の重く粘るようなビート音が、店内の空気全体を揺さぶる。

「ヒロさんに届いた葉書が、どうしても気になるの」

琴美は、ほかの客の邪魔にならないように顔を近づけて低く言った。私も前屈《まえかが》みになって声をひそめる。

「小村から来た葉書か」

「そう。あの文面はふつうに仕事をほしがっている感じだったじゃない。命の危険を感じてる人が書いたようにはとても思えない」

「たしかに、貴志子さんも不審そうだったな。捨ててしまった一通目の葉書も、高慢ちきな文面で、助けを求めてるそぶりはまるでなかった」

「だから、葉書を書いたのは、やっぱり小村氏だと思うのよ」

「じゃあ、小村が葉書を出したあと、塙と入れ替わったということか」

「それもタイミング的に無理があると思う。小村氏が仕事の紹介を依頼しておきながら、連絡もなく行方をくらますのもおかしいし」

「じゃあ、殺されたのは小村だって言うのか」

念を押すと、琴美は肯定も否定もせず、思いを巡らすように身を引いた。

レコードは後半になり、まろやかなクラリネットが心地よく曲に絡む。背中で聴くウッドベースも悪くないなと思っていると、琴美が取材ノートを取り出して、枠を四つ書いた。

「この話は、現時点の事実関係にとらわれないで考えたほうがいいと思うの。葉書の差出人は小村氏の名前、殺されたのは塙氏とされてるけど、ほんとうにそうなのかどうか」

彼女は枠に番号を振り、四つの組み合わせを書いた。

①葉書：小村　被害者：塙
②葉書：小村　被害者：小村
③葉書：塙　被害者：塙
④葉書：塙　被害者：小村

「①は事実の通りだけれど、人物が入れ替わる。②と③は人物の入れ替わりはないけれど、事実と矛盾する。④は人物も入れ替わるし事実とも矛盾するから、これは可能性は低いわね」

「じゃあ、はじめの三つのケースで考えればいいんだな。①の葉書を書いたのは小村で、殺されたのは塙だとすれば、現時点での事実関係には整合性があるけれど、二人がなぜこのタイミングで入れ替わったのかがわからない。さらに小村が行方をくらました理由もわからない。②の場合は葉書の差出人は整合性があるが、妹の貴志子さんがした遺体の身元確認とDNA鑑定に矛盾する。③の場合は、身元確認とDNA鑑定には合うけれど、塙がなぜ小村の名前で葉書を書いたのかがわからない」

ここまでは、前にも考えたことだ。状況証拠からすれば、やはり①の葉書を書いたのは小村、殺されたのは塙とするのが妥当ではないかと私は思った。だが、琴美の考えはちがうようだった。

「わたしは、葉書を書いたのも殺されたのも小村氏だと思う。つまり②のケースよ」

「だけど、遺体は貴志子さんが確認してるし、ましてやDNA鑑定までやってるんだぞ」

「ヒロさんは、貴志子さんの話しぶりに何か疑問を感じなかった？」

「疑問って」

貴志子はたしかに陰気でよそよそしかったが、兄が亡くなったばかりなのだから、それは仕方ないだろう。我々もお参りに来たと言いながら、根掘り葉掘り疑うようなことを聞いた。しかし、琴美はいくつかの点を不自然だと感じていたようだ。

「貴志子さんは、塙氏を妙に厄介者のように言っていたけど、マンションを出て行ったあと、急に音信不通になるなんておかしくない？　三年も居場所がわからなかったのに遺骨を早々に納骨したのもヘンだし、なんだかことさら塙氏の件を早く終わりにしたい感じだったわ。それって、逆に特別な関わりがあって、知られたくないことがあるということじゃない」

「どんな関わりさ」

「詳しくはわからない。でも〝勝ち組医師テロ〟は、金銭目当てや異常者の犯行などとちがって、医療の矛盾に抗議するメッセージ性があるでしょう。あちこちで起こっているのも組織的なにおいがするわ。もし、塙氏がテロの首謀者で、貴志子さんが同志だとしたらどう」

「君はどうして塙がテロの首謀者だと思うの」

「小村氏の葉書にあった『〝勝ち組医師テロ〟の処方に関わる重大な情報』という言葉よ。貴志子さんによれば、小村氏は塙氏と三年前に親しい関係にあったんでしょう。小村氏は何かの拍子に、塙氏がテロを計画していることを知ったんじゃないかしら。医者としてうまくやっていけない小村氏は、そのネタを使って医事評論家になろうとした。それを知った塙氏が、口封じのために小村氏を殺害したのよ」

「だけど、それなら、どうして被害者を塙に見せかける必要があるんだ」

「犯行を隠すためよ。被害者が塙氏だと認定されれば、塙氏が疑われることはなくなるでしょう」

「それで貴志子さんにあらかじめ言い含めておいて、小村の遺体を塙だと証言させたというのか。でも、DNA鑑定はどうするんだ」

「それは簡単よ。貴志子さんは塙氏のブラシに残っていた毛髪をサンプルとして提供したと言ってたでしょ。その毛髪はきっと、小村氏の頭から取ったものよ。殺害のあと、塙氏が小村氏の髪の毛を抜いて、貴志子さんに渡しておいた。DNA鑑定をするとき、塙氏のブラシから取った髪の毛だと言って提出すれば、警察はそのまま使うでしょう。

それが遺体のＤＮＡと合うのは当然だわ」

「でも、タイミング的に間に合うのかな。貴志子さんが身元確認のために呼ばれたのは、遺体が発見された翌日だよ」

「殺害してすぐ塙氏が高岡市に持って行くか、あるいは殺害の現場に貴志子さんがいれば間に合うわ」

琴美の推理は荒唐無稽のようだが、大きな矛盾もないように思われた。それでも私は簡単には納得できなかった。考えたくもないことだし、あまりに非現実的だ。

私はダメ元の抵抗をするように言った。

「しかし、塙は自分が死んだことになったら、これからどうやって生活するんだ。戸籍も抹消されるし、身元を保証するものがなくなれば困るだろう」

「塙氏は、小村氏になり代わってるのよ」

当然とばかりに琴美は言った。私の口の中に苦い唾が湧いた。

「じゃあ、この前の上園記念ホスピタルのテロは、小村になりすました塙がやったというのか」

「それはわからない。でも、殺されたホームレスが小村氏なのは、まちがいないと思う」

琴美の声は重苦しい確信に満ちていた。

パラゴンから、いつの間にかズート・シムズの『"Warm Tenor"』が流れていた。深く甘く包み込むようなテナーサックスとピアノの共演。しかし、レコードがいつ替わったのか、私はまったく気づかなかった。

22

その後、琴美は独自の調査で、以前、上野公園にいたホームレス医者が、小村にまちがいないことを突き止めた。見まわり調査に来た都の職員に、「あんた」と呼ばれたことに腹を立て、「先生と呼べ！　俺は創陵大学の小村だぞ」と怒鳴ったのを、何人かのホームレスが聞いていたのだ。

「そのホームレスを知ってる人たちに、バッタみたいな顔してなかったかって聞いたら、みんな手を叩《たた》いて笑ってた」

琴美が死者に申し訳なさそうに付け加えた。

エディでその話を聞いたとき、私は遅ればせながら卒業アルバムを持参し、小村の写真を琴美に見せた。頰骨の幅が狭く、尖った顎とつり上がった細い目を見て、琴美は、

「ほんと。触角をつけたら、キチキチーッて鳴きそうね」と苦笑した。

ついでに私と塙の写真も見せた。

「ヒロさんはあんまり変わってないわね。塙氏はハンサムだけど、近寄りがたいって感

じがするな。なんだか他人を拒絶するオーラが出てるみたい」

　琴美は写真を見つめ、痛ましそうに眉根を寄せた。狩野が出ているページも見せたが、彼女は一瞥《いちべつ》しただけで、ほとんど興味を示さなかった。

　小村らしきホームレス医者は、その後、上野から隅田川の河川敷に移動したようだったが、そこでもボス的な存在のホームレスともめ、袋叩きにされたあと、顔に唾をかけられて惨めな追い出され方をしたという。それで三カ月ほど前に、ほかのホームレスがいない城戸水上公園にねぐらを移したというのが、琴美の調査結果だった。

　とすれば、亀戸の遺体はやはり小村で、殺したのは塙ということになるのか。

　しかし、私にはどうしても納得がいかなかった。塙がテロの秘密を知った小村を殺害したとしても、自分が殺されたように偽装までする必要があるだろうか。口封じなら殺すだけで十分なはずだ。

　それなら、やはり殺されたのは塙なのか。しかし、いったいだれが、なぜそんなことを。小村が塙に何らかの恨みを抱いていて、発作的に殺害して行方をくらましたのか。

　遺体がホームレスだったことも気になる。小村がホームレスだったことはほぼまちがいないが、塙までがそうだったのか。塙がホームレスだったというのは、貴志子の証言以外に根拠がない。ホームレスになった理由や経緯は、貴志子も詳しく話さなかった。塙がそこまで身を落とすとは、私にはどうも想像しにくかった。

殺されたホームレスは、小村なのか、塙なのか。その答えを知るためには、生きているほうをさがせばいいと思いついた。どちらかが見つかれば、自ずと答えは明らかになる。

私はまず、公的に生きているはずの小村をさがすことにした。

最初に問い合わせたのは彼の元妻だ。彼女は小村と離婚したあとも、同じマンションに住み続けているはずだった。噂では小村にローンを押しつけ、慰謝料代わりに名義だけ書き換えたとのことだった。

学友会名簿にあった固定電話の番号にかけて名乗ると、いきなり「小村の借金なら返せませんよ」と、尖った声が飛び出した。

「いえ、借金のことではなくて……」

「迷惑料ですか、賠償金ですか。小村が何をしたか知りませんが、あたしにはいっさい関係ありませんから」

そのまま通話を切られそうだったので、私は慌てて引き止めた。

「お金の話じゃないんです。小村君をさがしてるんです。彼から仕事の紹介を頼まれて、連絡したいんですが、居場所がわからなくて」

「そんなの、あたしは知りません」

また切られそうになったので、私は小村を持ち上げてみた。

「小村君は学生時代から優秀で、医師としての能力は抜群だったんです。だから、彼がきちんと評価されないのはおかしいと思って」

いくら別れた夫でも、ほめられて悪い気はしないだろうと思ったが、小村の元妻はまったく反応しなかった。それでも懸命に続ける。

「小村君なら、きっとやり直せると思うんです。彼ほど優れた能力の持ち主は少ないですから。何と言っても、創陵大学の医学部を首席で卒業したんですから」

小村にとってはいちばんうれしい言葉のはずだが、元妻には逆効果だったようだ。彼女は鼻で嗤い、たまった鬱憤を晴らすようにまくしたてた。

「フン、そんなものが何の役に立つと言うの。首席卒業のエリートだって言うから結婚したら、とんだ見込みちがいよ。稼ぎは少ないし、話はおもしろくないし、顔も貧相で背も低くて、オシャレのセンスはまるでないし、いっしょに歩くのは肩身が狭かったわよ。有名教授にでもなってくれたらまだしも、大学は追い出されるわ、関連病院は勤まらないわ、どんどん落ちぶれて、開業したら悪徳コンサルにだまされるし、クリニックは二束三文で手放すし、やることなすこと鈍くさくて、ドジで間抜けで、そのくせプライドだけは高くて、いつも人を見下して、自分の非はぜったいに認めないし、何でも他人のせいにするし、文句と愚痴ばかり並べて、車に乗れば事故を起こすし、高いお皿は割るし、クレジットカードはなくすし、傘は忘れるし、料理も掃除もできないし、男らしさのカケラもなくて、セックスも下手だし、あたしを満足させたことなんか一度もない最低の男だったわよ」

口をはさむ隙もない罵詈雑言《ばりぞうごん》だった。彼女はたしか弁護士の娘で、お嬢様大学を出た美人だったので、結婚当初はやっかむ者もいた。だが、今、この元妻の悪態を聞けば、小村に同情しない者はいないだろう。

「それで、あの、小村君の居場所なんですが」

「知らないって言ってるでしょ」

「連絡はないんですか」

「ないわよ、ずっと」

この元妻なら、連絡しても罵声を浴びせられるだけだろうから、小村がいくら落ちぶれても近寄らないにちがいない。

「申し訳ありませんが、小村君の実家の連絡先がわかれば、教えていただけないでしょうか」

低姿勢に聞くと、元妻は不快そうなため息をつき、それでも意外にすんなり実家の電話番号を教えてくれた。そのあとで、スマホから突き出るような声で付け加えた。

「言っときますけど、もう二度と小村のことでは電話してこないでくださいよっ」

「わかりました。おっしゃる通りに……」

言い終わる前に通話は切れた。

続いて小村の実家に電話すると、母親が出て、「小村君のことで聞きたいことがあるのですが」と言うと、戸惑いながらも会ってくれることになった。声の感じでは、息子のことを案じる気持が半分、もうどうにもならないとあきらめが半分という印象だった。

小村の実家は、品川区の大井町《おおいまち》駅に近いＪＲの線路沿いのマンションだった。たしか父親はサラリーマンで、父子関係はあまりよくなかったはずだ。学生のころ、「うちの父親は無能だから」と、見下したように言っていたのを覚えている。

日曜日の午後に訪ねると、両親がそろって待っていた。歓迎されている雰囲気はまるでなく、和室で向き合うなり、小村とよく似た顔立ちの父親が露骨な不機嫌さで言った。

「家内が約束したので来ていただきましたが、私は芳夫のことでは人に会いたくないんです」

「どうしてですか」

「あいつは、この家とはもう何の関係もありませんから」

「お父さん」と、横から母親がとりなす。父親は小村にかなり腹を立てているようで、母親だけが息子を心配しているようすだった。

「小村君はせっかく優れた能力がありながら、社会とうまく折り合いがつけられなくて、医療の現場から離れてしまったのはほんとうに惜しいと思います」

「自業自得ですよ」

取りつく島もない父親に、どう話を進めようかと迷っていると、母親が情けなさそうに言葉をはさんだ。

「あの子も、はじめからあんなふうじゃなかったんです。わたしたちが期待しすぎたのがいけなかったんです」

「そんなことあるか。あいつは勉強のしすぎで、根性がねじ曲がってしまったんだ」

「でも、巡り合わせも悪かったのよ。大学を追い出されてからおかしくなって。大学病院に残ってさえいれば、あの子ももっと頑張れたでしょうに」

涙声で口元を押さえる。父親はそんな妻によけいに苛立ったように声を荒らげた。

「大学に残ってたってあいつはだめだ。反省する気持がない。頭がおかしくなってるんだ」

「何かあったのですか」

控えめに聞くと、父親は怒りをぶつけるように言った。

「ありましたよ。何度も金の無心に来るから、いい加減にしろと怒鳴りつけたら、大声で私を罵り、親の育て方が悪いからこんな人間になった、みんな親のせいだ、責任を取れなんて言い出したんです。思わずビンタを張ったら、台所の包丁を持ちだして、私を刺そうとしたんだ」

「まさか、本気じゃないでしょう」

「いいや。あの目は本気だった。家内が泣いて止めに入ったので、その場はなんとか収まりましたが、次の日、あいつは金属バットを持って来て、扉をガンガン叩いて、ドアノブを壊してしまいよった。警察を呼ぶと、パトカーのサイレンを聞いて逃げていきましたけどね。あいつは子どものころから、ひ弱なくせに凶暴なところがあったんです。中学生のときも、不良に殴られたのを根に持って、カッターナイフを振りまわして、家内が学校に謝りに行ったことがあります」

ふと、貴志子が言っていた小村の言葉が脳裏をかすめる。

——今にあいつら皆殺しにしてやる……。

不吉な予感を振り払い、話題を変えるように聞いた。

「小村君に連絡を取りたいのですが、どこにいるかご存じですか」

「そんなことは知らん」

父親は言下に否定したので、横でうなだれる母親に聞いた。

「お母さまにも連絡はありませんか」

口を押さえたまま首を振る。私は鞄からファイルを取り出した。

「実は、私にこんな葉書が届きまして、それで彼に聞きたいことがあるのです」

葉書を見せると、父親は奪い取るようにして、裏と表に目を走らせた。

「フン、相変わらず人に頼ろうとばかりしおって」

母親にも葉書を見せたが、動転してただ字面だけを目で追っているようだった。読み終えるのを待って、できるだけショックを与えないように話した。

「実は先日、小村君が寝起きしていたと思われる亀戸の公園近くで、ホームレスが襲撃されたんです。そのホームレスは死亡しました」

母親がはっとして顔を上げる。父親も不審そうに眉根を寄せる。

「警察が調べたところでは、遺体は小村君ではありませんでした。塙という小村君や私の同級生だったのです。塙君も三年前から行方知れずになっていました。事件があったあたりにほかにホームレスはおらず、小村君が直前まで近くにいたのはたぶん、まちがいありません」

父親がうめくように言った。

「芳夫が殺《や》ったんですか」

「いいえ、そうではないと思います。ただ、事件のあと、小村君の行方がわからないので、なんとか連絡が取れないかと思いまして」

父親の表情が険しさを増し、身体全体が小刻みに震えだした。怒りと困惑を同時に抑えているようだった。ひとつ深呼吸してから言う。

「わかりました。もし芳夫の居場所がわかったら、すぐ警察に連絡します。あいつが殺ったのなら、必ず償いはさせます」

「お父さん。まだ芳夫が犯人だと決まったわけじゃ……」

すがるように言いながら、母親ははっと何かに思い当たったかのように視線を上げた。

「そう言えば、ひと月ほど前にも芳夫の居場所を教えてもらえないかと、大学の同級生の方が来られました。たしか、塙さんとおっしゃったと思いますが」

「塙君がここに来たんですか」

私は思わず正座の膝を乗り出した。「どんなようすでした。塙君はホームレスだったはずなんですが」

「そんなふうには見えませんでしたけど」

「髪や髭が伸び放題だったのでは」

「いいえ」

亀戸で殺害されたホームレスは、髪も髭も伸び放題だったという。ひと月前にふつうの身なりだった者が、そこまで変貌するだろうか。とすれば、やはり琴美が言うように、被害者は塙ではなく小村だったのか。

思案に暮れる私に、父親が厳しい目を向けた。

「とにかく、芳夫を見つけたらすぐ報《しら》せます。それでよろしいな」

これ以上、何を話しても父親の怒りは増幅するだけのようだった。私は「よろしくお願いします」と頭を下げて、小村家を辞去した。

23

琴美は琴美で調査を進め、亀戸のホームレス殺害事件のあと、知人のいる新聞社に奇妙な問い合わせがあったことをつかんでいた。被害者が塙だという記事が出た直後に、「あれは誤報だ」と主張する電話があったというのだ。

「電話の主は、自分は真相を知っているから情報を提供してもいいと、暗にカネを要求する口ぶりだったらしいわ。新聞社にはよくあることだから、記者も本気で取り合わなかった。すると相手は話を小出しにしながら、被害者は塙氏ではなく、小村という元医師だと言ったそうなの。記者は胡散臭《うさんくさ》いと思ってそのままにしてたらしいんだけど、わたしたちは放っておけないわね」

電話をしてきたのは、石上泰男《いしかみやすお》という元検査技師で、以前、小村と同じ病院に勤めていたということだった。私は琴美からその男の連絡先を聞き、話を聞かせてほしいと頼んだ。塙と小村の同級生だと名乗ると、石上はもったいぶった調子で、「情報料は安くないよ」と言った。待ち合わせには新宿ルミネ1の七階にある中華料理店を指定してきた。

琴美といっしょに約束の時間に行くと、石上は先に来て料理を注文していた。昼間なのにビールも飲んでいる。

「腹が減ってたから、適当に注文させてもらったよ」

みすぼらしい四十男で、貧相な顔立ちはいかにもすさんでいた。空腹そうな食べ方や薄汚れた身なりからして、彼が生活に困窮しているのは明らかだった。

「石上さんは元検査技師だとうかがいましたが、今はお仕事はされていないんですか」

私が聞くと、石上は食事の手を止め、苛立ちを込めた目でにらんできた。

「そんなことあんたに関係ないだろ。医療破綻でしょっぱなに割を食うのは、俺たち立場の弱い者なんだ。あんたは医者から医事評論家になったらしいな。うまく立ちまわったもんだぜ」

話がこじれる前に本題に入ったほうがよさそうだと思い、率直に訊ねた。

「亀戸で殺されたホームレスは塙ではなく、小村だとおっしゃったそうですが、どうしてそう思われたのですか」

「少し前に、亀戸のブルーシートで小村先生に会ったんだよ」

「小村に会ったのはなぜですか」

「仕事の話があったんだ。〝医療負け組〟は、お互い助け合わないといけないからな。

せっかく声をかけてやったのに、小村先生は断った。いい仕事だったのによ、意気地がないんだ」

意気地がない？　妙な言い方だと思ったが、問い返す前に琴美が割って入った。

「亀戸の事件の被害者は、ＤＮＡ鑑定で塙氏だと確認されています。実の妹さんも遺体を兄だと証言しています。だから警察もそう発表したんです」

「そうなのか。いや、しかし、そんなはずはない。あれはぜったいに小村先生に決まってる」

石上は慌てたように言った。ＤＮＡ鑑定や貴志子の証言を知らなかったようだ。琴美はさらに強い口調で追及した。

「ぜったいとまでおっしゃる石上さんの根拠は何ですか」

「今も言ったろ。少し前にあそこで小村先生に会ったんだよ」

「それはいつですか」

「事件の三週間ほど前だ」

ということは、小村が私に最初の葉書を書く五日ほど前になる。

「そのとき、小村はどんなようすでした」

「相変わらず不機嫌で、自分の不遇を呪ってたよ。自分はだれよりも優秀なのに、なぜこんな惨めな生活をしなきゃいけないんだってね」

「だれかと会っていたようすはありませんでしたか。同級生の医師とか」

「ないよ。あのあたりはほかにホームレスもいなかったし、事件のあとはブルーシートが無人になったんだろ。だったら、襲われたのは小村先生以外に考えられないじゃないか」

「ブルーシートからは塙の保険証が見つかってます」

「知らねぇよ、そんなこと」

石上はふてくされた顔でビールを飲んだ。私は空気を変えるために、別のことを聞いた。

「仮に被害者は小村だとして、襲われた理由は何か思い当たりますか」

「そりゃ殺されるだろう。いや、消されたと言ったほうがいいかも」

「どういうことです」

石上は狡《ずる》そうに笑い、肩を揺すった。

「ここから先は、タダというわけにはいかないな」

石上はどんな情報を持っているのか。私はまずこちらのカードを見せることにした。

「事件の少し前、私は小村から葉書をもらったんです。〝勝ち組医師テロ〟に関わる情報があるという内容でした。消されたというのは、そのからみですか」

石上は不快そうに目を逸らし、取り繕うようにナプキンで口元を拭った。どうやら石上のネタは私が知っていたことと同じようだった。横を向いたまま、半ば自棄《やけ》になって言う。

「小村先生は優秀かもしれないが、要領が悪いんだよ。あんたに届いた葉書も、情報の出し惜しみをしてただろう。だから、結局モノにならないんだ」

「小村が持っていた情報がどんなものか、石上さんはご存じなのですか」

「知るわけないだろう、そんなもの」

即座に否定した。だが、石上はなぜ小村が〝勝ち組医師テロ〟の情報を持っていることを知っていたのか。用心深かった小村が、石上のような男に大事なネタをしゃべるはずはないと思えるが。

話はここまでのようだった。伝票を持って立ち上がると、石上は「情報提供料は？」と上目遣いに訊ねてきた。私が口を開く前に、琴美がぴしゃりと答えた。

「こういう取材では、通常、ギャラは発生しません。情報提供料も同様です。食事代はこちらで持ちますが、これ以上は注文しないでください」

琴美を見上げる石上の目には、負け組に特有の卑屈な憤怒《ふんぬ》が滲《にじ》んでいた。

24

〈とにかく現状を何とかしなければならない。〝勝ち組医師〟がのさばっているかぎり、医療は営利に偏り、必要な治療が多くの患者に届かない〉

〈君たちの言わんとすることはわかるが、そんな計画、ほんとうに実行に移せるのか〉

〈…………〉

〈大丈夫ですよ。すでに四つがうまくいってるじゃないですか〉

〈資金はどうする〉

〈何とか調達しますよ〉

〈しかし、それはほんとうに意味があることなのか〉

〈意味があるかどうか、先生が判断することじゃないです。先生だって救われた人間でしょう。あのままだったら、今ごろどうなっていたか〉

〈わかってる。君が仲介の労をとってくれたことは感謝している。しかし……〉

〈しかし、何です〉

〈ほんとうにそんなことで、今の医療状況が変わるのか〉

〈…………〉

＊

第四の〝勝ち組医師テロ〟と見られた芦屋市の上園記念ホスピタルの事件は、発生から十日後、思いがけない結末を迎えた。警察が内偵を進めていた容疑者が、犯行に用いたのと同じ亜ヒ酸で自殺したのである。竹崎《たけざき》祥子《しょうこ》という二十八歳の看護師だった。

竹崎は奄美大島の出身で、約一年前から上園記念ホスピタルの外科病棟に勤務していた。二日続けて無断欠勤し、連絡がとれなかったため、病院関係者が自宅マンションにようすを見に行くと、寝室で死亡していたという。遺書に犯行の経緯が記されていたことから、警察は自殺と判断。被疑者死亡のまま書類送検した。

報道や記者の情報によると、竹崎は精神的に不安定なところがあり、親しい同僚もおらず、病院でも孤立していたようだ。看護師長の証言によれば、勤務態度はまじめだが、セレブ患者には批判的で、規則を守らない患者に厳しく注意することも再々だった。そのため、逆に入院患者から苦情が出て、外科部長がたしなめると、竹崎は大いに不満そうにしていたという。

遺書に記された犯行の方法は、深夜勤務のときに、隙を見て医師専用ラウンジに忍び込み、点滴用のテフロン針をウォーターサーバーに刺し込んで、亜ヒ酸をタンク内に注入するというものだった。亜ヒ酸は、大学病院で白血病の治療を研究している知人の医師からもらったと書かれていた。

犯行の動機は、セレブ患者を甘やかす病院に対する怒り、自分に対する病院側の理不尽な対応への報復らしかった。

事件後に病院長に届いたメッセージは、一連の〝勝ち組医師テロ〟に倣って、竹崎自身が独自に書いたものだと明かされた。すなわち、心情的には一連のテロと連帯しているが、直接の関係はないということである。

自殺の理由としては、無差別殺人を行ったことに対する良心の呵責《かしやく》、捜査の手が伸びてきたことへの恐怖、および厭世が挙げられていた。

週刊誌は竹崎の奇異な行動や、リストカットの常習者であったことなどを取り上げ、この事件も一連の〝勝ち組医師テロ〟と深い関わりがあると書き立てた。しかし、具体的なつながりを提示しているわけではなかった。

容疑者が自殺したニュースは、狩野の不安を完全に払拭したようだった。第四のテロと思われた犯行が塙とは関係がなく、かつ容疑者が自殺したことで、狩野は塙の呪縛から解き放たれた。

「いよいよ総裁がネオ医療構想の第一段階として、不適格医師の再教育プログラムを発動した。反狩野派の摘発開始だ」

安達は同級生で作る狩野のブレーングループのうち、豊田と城之内と私を執務室に集めて言った。レーザー治療長者の豊田は、安達とともに反狩野派の探索を担当していて、すでに該当者をリストアップしていた。厚労省の城之内は地方厚生局と連携して、医師の個別指導に新たな方式を導入し終えたとのことだった。

個別指導とは、健康保険法に基づき、厚労省の保険局長の通知によって行われるもので、いわばお上による医師の取り締まり制度である。一九九五年に指導大綱が改定され、「診療報酬請求に関する指導」が追加された。目をつけられた医師は、指導室で厳しい査問を受け、ときに暴言、威嚇で人格否定さえ行われる。実際、過去に三人の自殺者を出している悪名高い制度で、世間にはあまり知られていないが、医師ならだれもが顔をしかめる行政側の圧力だ。安達はそれをさらに強権的にして、反対派の弾圧に援用するつもりのようだった。

「浜川先生には、ぜひ新・個別指導を見てもらって、評論の参考にしてもらいたい」

「部外者が同席するわけにはいかないだろう」

「同席はしない。しかし、見えるようにはする」

安達はもったいぶった言い方をした。

「予定は決まってるのか」

「来週の木曜日、近畿厚生局で一発目をやる。指導対象は大阪第三医師機構の岡森亮介《おかもりりょうすけ》だ」

岡森は大阪第三医師機構のトップである。狩野のお膝元でありながら、ことあるごとに狩野批判を繰り返していた。発言はツイッターで行われ、フォロワーが三万人を超えているので、無視できない存在だった。

「岡森さんは前に医師組合の委員をしていたから、組合委員長の土浦さんに心酔してるんだろう。それで狩野を個人的に嫌ってるんだ」

　豊田が言うと、城之内が安達に聞いた。

「指導の下調べはできているのか」

「もちろん」と答えて、私に向き直った。

「新・個別指導は、これからの指導のひな形みたいなものなんだ。だから、一般の医師にも周知させたほうがいい。全医機の会報にページを作るから、ぜひ評論かエッセイを書いてくれ」

「……わかった」

　私の文章で反狩野派に対する警告を広めろということだ。そんなことに協力するのは釈然としないが、拒絶すれば、いつ〝反狩野〟のレッテルを貼られるかしれない。そうなれば一気に陥れられる。狩野の動向に不安を抱きつつも、私は目先の状況に流されざるを得なかった。

25

　次の木曜日、私は新幹線で大阪に向かった。岡森医師の新・個別指導に立ち会うためだ。安達は特別指導官として、前日から大阪入りしていた。

新大阪駅から地下鉄に乗り換え、指導が行われる近畿厚生局の第二庁舎に行った。フロアに上がると安達がいて、指導官と保険指導医、それに事務官の三人を紹介された。指導が行われるのは小会議室で、窓のない威圧感のある部屋である。

「浜川先生はこっちで見ていてくれるか」

通された応接室にはモニターが用意されていた。指導の模様を動画で中継するらしい。

予定時刻の三時に五分ほど遅れて岡森がやって来た。

『第三医師機構の岡森や。邪魔するで』

遠慮のない声が響き、応対に出た職員が小会議室に案内する。モニターで見ていると、ずんぐりした赤ら顔の岡森は、大阪人らしいせわしなさで席に着き、大きな書類鞄をテーブルに載せた。

『用意するように言われた書類、全部持って来ましたで。クリニックの概要、組織図、職員録、指定された診療記録三十人分、初診から現在に至るまでの電子カルテのプリントアウト、日計表、薬剤と医療材料の購入伝票、請求書と領収書の写し、これで抜けてるもんはおまへんやろ』

横柄な大阪弁がモニターから聞こえる。岡森は鞄から取り出した書類をこれみよがしにテーブルに並べ、不服そうにまくし立てた。

『これだけ用意するのに、三台のプリンターをフル稼働させて丸三日かかりましたわ。事務員にも残業させて、ボクも半徹夜でえらい負担や。全医機の医師組合は何も言うてまへんか。なんぼ新・個別指導やいうても、医師の通常業務に差し障るような準備は問題でっしゃろ』

全医機の集まりなどで顔を合わせているはずだが、岡森は安達を完全に無視している。安達も七歳年長の岡森に対して、薄ら笑いを浮かべたまま挨拶もしない。

事務官が書類を点検し、電子カルテの写しを指導官と保険指導医に手渡した。手早くチェックしはじめた指導官が、手を止めて岡森に言う。

『この患者さんは、電話再診で薬を処方していますね。これはちょっと困るんですが』

岡森は指摘を予期していたように、強い口調で言い返す。

『そんなもん、在宅医療ではふつうやろ。それとも何か、ただ薬が切れてるいうだけで、わざわざ患者の家に行って、臨時の往診加算を取れとでも言うのか。あんたら、診療報酬を削るために指導してんのやろ。請求を増やすようなことしてどないすんねん』

指導官が困惑して口をつぐむ。保険指導医が別のカルテを示して言う。

『糖尿病の患者さんに、生活習慣指導料を算定されてますが、指導の内容がいつも同じですね。これでは指導と見なせませんよ』

『何言うてるねん。この患者は認知症で何回も同じことを言わんと忘れよるんや。診断にアルツハイマー病て書いてあるやろ』

保険指導医も咳払いをして黙り込む。カルテ記載の不備、過剰投薬、重複検査など、通常の指導で指摘されることすべてに、岡森はあらかじめ理論武装しているようで、ああ言えばこう言うの応酬が続いた。

個別指導では、ときに指導官が大声で罵り、テーブルを叩いたり、書類を投げつけたりして、対象者を追い詰めることもある。しかし、岡森は医師機構の古狸《ふるだぬき》だけあって、大声にもひるまず、逆に怒鳴り返す場面が再々だった。迂闊なことを言うと、問題発言だと糾弾され、不正指導で訴えるとまで言われる。そのたびに、指導官たちはうろたえ、岡森を宥《なだ》めなければならなかった。

安達はひとこともしゃべらず、両手を組み合わせたまま取り澄ましている。

激論が一時間半ほども続き、指導官たちに疲れが見えはじめた。岡森はひとこと言われれば、三倍にして言い返すほどの活力を維持して、指導側を圧倒する。

『問題があるんやったら、さっさと指導したらどないや。いつまでチンタラやってんねん。遅いことなら牛でもするぞ』

指導側の二人が黙り込んで安達を見た。

『わかりました。カルテの点検は以上で終わります』

安達がおもむろに言って、目線を下げた。岡森は指導が終わったのかと、気を緩めたのがモニターからもうかがえた。その一瞬を衝くように、安達が声を高めた。

『ただし、全般的に算定要件を満たしていない診療が多いようですので、過去五年にさかのぼって、全カルテの自己査定と、問題点の改善レポートの提出をお願いします。期限は一カ月』

『な、何やて』

岡森はとっさに反論できず、檻《おり》に閉じ込められた熊のように上体を揺らした。しかし、すぐさま体勢を立て直す。

『ふざけるなよ。全般的にてどういうこっちゃ、具体的に言わんかい。個別の指摘なら対応するが、そんな曖昧な指導にだれが従えるかい。第一、五年もさかのぼってカルテの査定なんかやってたら、診療する時間も取れんようになるわ』

『繰り返します。期限は一カ月。提出せずに診療を続けても、レセプトはすべて返戻《へんれい》となります』

つまり、診療報酬がゼロになるということだ。

『冗談言うな。指導の横暴や。裁判所に訴えたる』

『ご自由に。ところで岡森先生。大阪第三医師機構の幹部が、毎月第一金曜日に開いている「一金会」ですが、収支報告が出ていないようですね』

安達の指摘に岡森が声を詰まらせる。

『あれは私的な懇親会や』

『そうでしょうか。月替わりで製薬会社が経費を負担しているようですが。全医機の規定では、企業からの献金、寄付、接待があった場合、すべて収支報告を提出することになっています』

『それは医師機構の話やろ。ボクの個別指導とは関係ないはずや』

『「一金会」のスピンオフとして、岡森先生個人への接待が昨年度だけでも七回。内四回は祇園《ぎおん》の料亭、二回は女性との金沢旅行、一回はマニラへのお忍びツアーだったようですね』

『そ、それはプライベートの領域や。診療とも医師機構とも関係ないわい』

　岡森はなんとか言い逃れようとするが、安達はさらに別件で追い詰める。

『残念ながら、我々のところには報告が届いているんですよ。先生が医師機構のコピー機納入業者や、臨床検査の会社から常習的に接待を受けており、てっちりや高級焼き肉の店を指定したこと、患者の承諾を得ずに、虚偽の診断名でリハビリを継続していること、看護師へのセクハラ、心気症の患者への暴言、診療時間内に駆け込みで来た患者への診療拒否』

『毎日、診療に追われて忙しいのに、そんな些細《ささい》なこと、いちいち気にしておれるか。ちょっと名のある医者なら、だれでもやってることやろ』

『開き直りですか。反省の色が見えませんね。今申し上げたことは、すべてネオ医療構想における不適格医師に該当します。反省がない場合は、直ちに再教育プログラムに参加していただくことになります』

『アホらしい。だれがそんなもんに参加するか。狩野の一派が勝手に決めてるだけやろ』

岡森は背もたれに身体を預けて目を逸らした。彼が強がって見せたのも無理はない。再教育プログラムの詳細について、まだ公に発表されていなかったからだ。

『致し方ありません。ただ今より、岡森医師に対する個別指導を監査に切り替えます』

『何やと』

岡森が動揺した。指導と監査では意味合いが大きく異なるからだ。監査では、場合によっては保険医指定の取り消しを含む行政処分が行われる。

『ちょっと待て。いきなり監査とはあんまりや。権力の乱用やないか。第一、あんたは特別指導官という立場やろ。それで監査ができるんか』

『今回、私は厚労省から特別医療監査官の辞令も受けているんですよ』

安達がささやくと、岡森は絶句した。

『それに、再教育プログラムは我々が勝手に決めているわけではありません。先日、衆議院の厚生労働委員会で、地方医療行政組織法が審議され、不適格医師に対する処遇の制度化が決定されたのです。都道府県の医療適正化委員会に、不適格医師の判定会議が設置されることになりました。委員は四人で、内二人は全医機枠となっています。制度の実施に向けて、現在、厚労省がガイドラインを作成中です』

『それが……あんたらの主導で決まるんか』

『その通りです。我々は真によき医療状況を実現するため、全国の医療適正化委員会に深く関わっていますからね。患者や家族の苦情や、看護師等の医療従事者からの訴えがあったときは、医療適正化委員会が直ちに調査を行い、必要に応じて判定会議が開かれることになります』

『そのプログラムに組み込まれたら、どうなるんや』

『いい質問です。現在、全医機は厚労省の委託を受けて、山梨県西八代《にしやつしろ》郡の広大な土地に「ファシリティ」と呼ばれる大規模施設を建設しています。これは不適格医師を再教育するためのセンターです。「ファシリティ」では、患者目線の医療、インフォームドコンセントの徹底、患者の権利尊重、治療の公平化と効率化などが、各カリキュラムに沿って不適格医師に教育されます。期間は一カ月から最長半年。その間は「ファシリティ」内で起居してもらいます』

『そんな、まさか……』

安達の説明に、岡森の身体が震えるのがわかった。法的な根拠を示されると、さすがの岡森も観念したようだ。この再教育プログラムを受けた医師は、その事実を公表されるので、現場に復帰してもレッテルを貼られた状態になる。患者からは敬遠され、医療現場でも色眼鏡で見られるだろう。医師にとっては致命的な痛手になるのはまちがいない。

岡森がハンカチを取り出し、額の汗を拭った。モニターから情けない声が聞こえる。

『安達事務局長……。何とかボクをその、再教育プログラムに送られんようにしてもらわれへんやろうか』

『それは先生の心がけ次第ですよ』

『つまり、あんたらの方針に従えいうことか』

安達は答えず、軽く肩をすくめた。完全勝利に苦笑さえ浮かべている。

『我々も岡森先生のような実力者を、再教育プログラムに送りたいとは思っておりませんよ。先生の発信力にはすばらしいものがありますからね。今後は互いに力を合わせて、よりよい医療実現のために頑張ろうじゃありませんか』

岡森はテーブルに両手をつき、『よろしゅう頼みます』と頭を下げた。

翌日から岡森のツイッターには、ネオ医療構想に肯定的なつぶやきが乱発された。

26

岡森を陥落させると、安達はさらに反狩野派と目される医師をリストアップし、目立たないように新・個別指導を進めていった。

その後、安達は多忙なため、病理学者の宮沢あかねが彼の業務を引き継いだと、豊田から知らされた。宮沢は創陵大学附属の病理学研究センターのトップのはずだが、今回、全医機から「再教育プログラム推進室長」の肩書きを与えられたとのことだった。飯田橋の全医機本部にはオフィスもあるという。本部に行ったついでに立ち寄ると、たしかに宮沢の執務室があった。

「ここが新しい職場かい」

茶化したように声をかけると、宮沢は銀縁の眼鏡に手を添えて冷ややかに笑った。

「常勤じゃないわよ。特任勤務だから週に三日来るだけ」

小柄だが鋭いキツネ目の宮沢には、向き合うたびに緊張させられる。

「岡森先生の新・個別指導、わたしも録画で見たけど、すごかったわね。安達君の追い込みは見ものだったわ」

「君も指導に立ち会ったりするの？」

「必要なときはね」

狩野に批判的な言動を繰り返している医師で、教授や病院長などの肩書きを持つ有力者は、すでに軒並み新・個別指導に呼ばれていた。再教育プログラムに送られることが決定している者もいて、「ファシリティ」の竣工《しゅんこう》が急がれるのだと、宮沢は言った。

「『ファシリティ』の運営も担当させられるのよ。わたしだってひまじゃないのに、安達君たらひどいと思わない？」

口ぶりは迷惑そうだが、喜んでいるのが透けて見える。

「現場には行ったの」

「なかなかの施設よ。四階建ての倉庫みたいな建物で、壁は白塗り、窓は明かり取り程度しかなくて、中にはベニヤ板で区切った狭い個室が並んでる。あれは施設というより強制収容所ね。あんなところでひと月とか半年とか洗脳されたら、だれだって従順な子ヒツジちゃんに変えられるわよ」

楽しむように言ったあと、宮沢は声を低めた。「浜川君。ナレッジフロント東京での講演は聴きに行ったんでしょう。あのとき、狩野君に批判的な連中が固まって座っていたらしいわね。全員、再教育プログラム送りよ」

「名前とかわかったのか」

「調査部が調べたの。芋づる式に挙げていったらしいわ。抵抗した者もいたりど、監査をちらつかせたらみんな口を割ったみたい。そりゃそうよね。診療にケチをつけて保険医指定を取り消すのなんか、簡単だもの」

結果ありきで査定されれば、弁解や説明は通らない。逆に指導側の心証を害して、不利な結果を招くだけだ。そんな恐怖政治のような指導がまかり通っていいわけはないが、反抗すれば自分の身が危うくなる状況で、だれが異を唱えられるだろう。

実際、岡森がツイッターで狩野支持をつぶやきだしたのを皮切りに、個別指導と再教育プログラムの動きが広まれば広まるほど、反論や批判は抑え込まれていった。

新・個別指導がはじまった当初、無防備に批判したり、調子に乗って攻撃した者もいたが、彼らは即、指導の対象となり、実質的に再起不能の状態に追い込まれた。指導はハイペースで行われ、不満が高まる前に、批判するのは危険だという噂が広まって、人々の口を封じた。

著名人や発信力の強い医師に対しては、全医機の調査部が周辺を調べ上げ、弱みを握って、岡森のときと同様、恫喝《どうかつ》するように協力を要請した。女性問題、家庭不和、医療ミス、論文捏造《ねつぞう》、変態趣味など、地位の高い医師ほど困った秘密があるのは、なんとも皮肉だった。

一般の医師は個人ベースで、狩野に対する批判や疑問を発信していたが、安達はそれも容赦しなかった。全医機に専門の部署を作って、二十四時間態勢でＳＮＳやブログを監視し、指導の標的にした。密告が奨励され、ネット上で発信しなくても、講演の内容、会議での発言、職場のみならず、飲み会などの私的な会話までが、随時、調査部員によって密かにチェックされ、記録された。

何か言うといつ摘発されるかしれない。そんな重苦しい空気が蔓延《まんえん》し、事なかれ主義が広まった。医師以外の識者やメディア関係者には、日に日に強圧的になる医療界の状況を批判する者もいたが、医師たちの共感は得られなかった。彼らは安全なところから、きれい事を言っているとしか受け止められなかったからだ。

全医機の執務室で意気軒昂《いきけんこう》な宮沢を見て、私は軽く揶揄した。

「こっちの仕事が本業みたいだね」

「そう見える？　まあ、ここの仕事はおもしろいわね。狩野君とも話したけど、日本の医療をよくするためには、どうしても強権発動が必要よ。これまで日本の医療は、自由と野放しがごっちゃになって、荒れ放題だったでしょう。善良な医師も少なくないけど、金儲け主義の医師と同じ土俵に立つと、どうしても競争に負けてしまう。だから、善良なままではいられないのよ。そんな不条理を糺《ただ》すためにも、強圧的な指導が必要だわ」

宮沢は確信を込めて語った。安達も似たようなしゃべり方だが、まるで狩野が乗り移ったかのような演説口調だ。

ノックが聞こえ、調査部の職員が医師のチェックリストを持ってきた。

「この三日間で、甲信越地方で不適切な発言・発信のあった医師は二百二十六名です」

リストに該当者の氏名と、問題の発言内容などが書かれている。リストを見る宮沢の銀縁眼鏡が冷たく光る。赤のボールペンでチェックを入れ、五十人ほどを素早く選んだ。

「指導はこれでお願い」

「承知しました」

職員が出ていったあと、私は感心して言った。

「判断が速いね。あれだけのリストから選ぶのはたいへんだろう」

「適当に選んでるのよ。当てずっぽうみたいなもの」

「指導を受ける医師は、準備がたいへんだぞ。再教育プログラムに送られる可能性もあるんだし、明確な基準を決めて、慎重に選ぶ必要があるんじゃないか」

「何言ってるの。これは摘発なのよ。明確な基準なんかないほうがいいの。あったら対策を講じられるでしょ。当てずっぽうで選ぶから、些細な発言で摘発されたり、摘発を覚悟しているのに見逃されたりするわけ。すると敵は混乱して、恐怖が蔓延するわ。仲間割れや離脱も起きやすくなるでしょう」

自信たっぷりの宮沢を、私は正視することができなかった。自分の気まぐれで選ばれた医師たちが、どれほどの精神的、肉体的苦痛を味わうかは、彼女の頭をかすめもしないようだった。それどころか、自らの非情さに酔っているようにさえ見えた。

宮沢の摘発は苛烈をきわめ、気まぐれな選別は彼女が言った通り、医師たちに現実味のある恐怖を広めた。

もうひとりの同級生メンバーである林信司は、大学教授の地位を利用して、大学関係者へのプロパガンダを進めているようだった。

教授を頂点とする大学の医師たちは、もともと現場の診療よりも研究に意識が向いているため、狩野の動きにさほど注意を払っていなかった。崇高な医学研究に比べて、医療改革などは下世話な話だと思われていたからだ。

林の役目は、大学の医師たちにネオ医療構想が研究を重視していることを周知させ、研究者は専門家として重用されると思わせることにあった。それは取りも直さず、彼らによけいな口出しをさせないようにする方策でもあった。

一方、狩野本人は、先般、元厚生労働大臣の舛本憲司と結党した「医道の党」がらみの活動に時間を割くようになっていた。舛本とたびたびテレビに出演し、ネオ医療構想について熱弁した。

『現在の医療格差を放置していていいんですか。小手先の改革では、状況は変わりません。我々が目指すラジカル・リセットこそが唯一の解決策です』

横に並んでいる舛本が、狩野に手放しで賛同する。

『狩野君の言う通りだ。政治も行政も、これまで医療を十分にコントロールしてこなかった。狩野君のように医療の専門家で、なおかつ社会の仕組みがよくわかっている人間が、医療行政を主導していくべきだ』

『いえいえ、僕のような若輩者にそんな大それたことはできませんよ。僕は現場の活動に専念するつもりです』

狩野は殊勝なところを見せ、ナレッジフロント東京での講演以後、喧伝《けんでん》された〝傲慢男〟のイメージを、巧みに払拭していった。

さらには、日曜日の「プレミアム・サンデー」にふたたび登場し、隠し球ともいうべき作戦に出た。日本の検査被曝による発がんの危険性に、鋭い警鐘を鳴らしたのだ。今回、敵に仕立てたのはＣＴスキャンの検査だった。

『みなさん。日本のＣＴスキャンの保有台数をご存じですか。百万人当たり一〇五・六台で、世界でダントツの一位です。二位のオーストラリアが五六・〇、三位のアメリカが四五・五です。全世界のＣＴスキャンの三分の一が日本にあるとも言われています。なぜ、そんなことになったのかわかります？　日本の医療は自由だからですよ』

狩野はフリップを見せる。複数の病院がＣＴスキャンをフル稼働しているイラストが描かれている。

『患者さんを集めるためには、ＣＴスキャンを導入しなきゃいけない。値段は一億から二億です。導入しただけでは収益にならないから、どんどん使う。必要のない患者さんにも使う。一回の検査でどれくらいの放射線を浴びるか知ってますか。胸のX線撮影の四十倍から二百倍ですよ。人間が一年間に自然から浴びる放射線の五倍です。それを十分ほどの短時間で浴びるんです。時間当たりにすれば、どれほど強烈な被曝かおわかりでしょう』

次に狩野は『驚くべきCTスキャン使用実態』と赤文字で大書したフリップを出した。

『これは大阪の第三医師機構からもたらされた情報ですが、ある区の私立総合病院で一年間に行われたCT検査の内容です。びっくりするでしょう。がんや脳梗塞ならわかりますが、胆石や虫垂炎にまでCTスキャンをしてるんですよ。ひどいのになると、転倒した高齢者に骨折の疑いで検査しているケースもありました。レセプトには、「X線の単純撮影では見落としの危険があるため」というコメントがついていたそうです。それって、単に診断の腕が悪いだけでしょ』

狩野がエキサイトしてフリップを叩く。傲慢な口調だが、これは視聴者にウケそうだ。彼は巧みに〝傲慢男〟のイメージを、親しみのあるものにすり替えつつあった。そのあとで、まじめな口調で続ける。

『医療を自由に任せているから、金儲けが大好きな病院と医療機器メーカーがやりたい放題するんです。それで日本は検査被曝大国ですよ。医療は正しく統制して、無駄をなくさなければなりません。それが僕らが掲げるネオ医療構想なんです』

狩野は話の流れを誘導して、得意の主張に結びつける。とりわけ最近は世間ウケする医師免許の更新制と、医師の再教育プログラムばかりを強調する。この二つはわかりやすいし、患者側には負担もかけないので世間に歓迎されやすいからだろう。

医療には専門性の高いものと単純なものがあるから、医師の資格を二階級にすべきという狩野の主張も、徐々に浸透していった。

『車の免許だって、普通とか大型特殊とかあるのに、医師免許が一種類というのはおかしいでしょう』

前に安達が言っていたセリフだ。萬梅門での集まりで話していた「特医」と「標準医」の構想が、いよいよ現実味を帯びてきたことに、私は目を見張る思いだった。

27

安達から緊急のメールが入った。

件名は『塙のこと』。至急、会議を開きたいので集まってほしいとのことだった。場所は全医機本部からも近いホテル・メトロポリスの小会議室だ。

ロビーに入ったところでレーザー治療長者の豊田といっしょになった。

「ここなら本部でやるのと変わらんのに、なんでわざわざホテルに部屋なんか取ったんだ」

「わからん。塙のことで何かあったのかも」

指定の部屋に行くと、安達と宮沢が神妙な顔で座っていた。離れたところで城之内がキャリア官僚らしい堅苦しさで腕組みをしている。

「あとは林先生か」

安達がつぶやくと、扉が開いて林が入ってきた。異様にハイな声でみんなをからかうように言う。

「いよう。君らのとこにも出たのか、塙の幽霊」

「幽霊？」

城之内が聞き返す。安達がため息まじりに林に着席をうながした。

「知っての通り、塙は二カ月前、亀戸のホームレス狩りで殺された。それは気の毒なことだが、今、ちょっとおかしなことが起こってる」

深刻な表情の安達のあとを、林が引き取った。

「先週の金曜日の晩、出たんだ。九時ごろに神経内科の教授室を出て、何気なく向かいの渡り廊下を見たら、塙が立っていた。雨が降ってて、はっきりとは見えなかったが、かなり憔悴《しょうすい》して悩みながら僕を待っているような顔だった」

「たしかに塙だったのか」と城之内。

「まちがいない。彼とは卒業以来会ってないが、むかしの面影はあったよ。て言うか、それは当たり前なんだが」

「どういうことだよ」

私が聞くと、林は色白のこけた頬を歪めて確信犯的に笑った。

「幽霊なんかいるはずがない。だけど、僕にははっきり見えた。つまり、それは僕の疚《やま》しさが無意識に作りだした幻影ということさ」

「思い当たることがあるのか」と豊田。

「ああ。解剖実習のとき、顔面神経の走行をノートに書くために、遺体の顔を解剖台に無造作に置いたら、となりのグループにいた塙が、もっとていねいに扱えって言ってきた。うるさいって返したら、ちょっとした言い合いになった。浜川は覚えてないか」

「……いや」

解剖実習は私と塙が同じグループで、林はとなりのグループだった。

「塙はいつものセリフを言ったんだ。そんなことだと、ロクな医者にはならんぞってね。小村なんかにも言ってたろ。不愉快だったから、お前こそよけいなことに気を散らさないで、しっかり勉強しろ、でないと、また試験に落ちるぞって言い返した。塙はあのとき、たしか、発生学と組織学の試験を落としてたんだ」

「よく覚えてるな。でも、それが幽霊とどう関係あるんだ」

「僕は無意識にそれを気にしてたんだろう。悪いことを言ったなって。無意識だから当然、忘れてたんだが、幽霊を見たとき、はっと思い出した。で、悪かったって心の中で念じたら、幽霊も消えた」

「なるほど。精神分析的解釈だな」

城之内が言い、「ラカンの言うファントムか」と、豊田が応じた。

安達が司会役を取りもどすように言う。

「林先生が見たのは幻影かもしれないが、宮沢先生のはちょっとちがうんだ」

テーブルを見つめていた宮沢が、ぶるっと身体を震わせた。

「何を見たんだ」

林が不安げに視線を揺らす。宮沢が小刻みに首を振ると、安達が仕方がないというように、代わりに話した。

「昨夜のことだが、宮沢先生が病理学研究センターの帰りによく行く新橋の寿司屋に入って、カウンターで飲んでたんだそうだ。するとテーブル席にいた男が立ち上がって、彼女の横に来た。薄汚れたジャンパーの襟を立て、縁の垂れた帽子を目深にかぶってたらしい。宮沢先生ははじめ酔っ払いだと思って、相手にしなかった。ところが、そいつが彼女の顔をのぞき込み、久しぶりって声をかけてきた。振り向くと塙だった。死んでるはずなのにと思うと怖くなって、彼女はぎゃって叫んで、夢中で店を飛び出した。あとで寿司屋に電話をかけたら、男は宮沢先生の分を支払って帰ったそうだ」

「それは塙じゃないだろう。そっくりなだれかじゃないか」

豊田が言うと、宮沢は鋭く首を横に振った。

「あれは塙君よ。まちがいない。青白い顔をしてたけど、声はむかしのままだったから」

「じゃあ、塙は生きてるってことか。まさか幽霊が寿司屋の支払いまでしてくれないだろう」

豊田はあくまで冗談にするつもりのようだったが、林はさっきより青ざめているようだった。それに気づいたらしい城之内が聞いた。

「林のときは、すっと消えたんだな」

「いや……、実は、消えたのは僕のほうだ。つまり動転して、許してくれって思いながら走って逃げたから、幽霊も見えなくなったわけで」

「じゃあ、塙がその場にいた可能性もあるということか」

城之内の問いに、林は肯定も否定もしなかった。豊田が焦れたように声を強める。

「塙はホームレス狩りで死んだんだろ。警察もそう発表したじゃないか。だったら幽霊はともかく、当人が現れるはずはない」

「たしかにそうなんだが」と、安達が低く言った。「塙に関しては、ちょっとややこしい事情があって、みんなには言ってなかったが、彼は例の〝勝ち組医師テロ〟事件に関係していたかもしれないんだ」

内密のはずなのにと私が表情を変えると、素早い目配せが飛んできた。わかっているという意味だろう。ほかの四人は戸惑いと驚きを浮かべている。

「確たる証拠はないが、蓋然性の高い話だ。前に狩野総裁に脅迫状が来たから、我々も警戒してた。そしたら、ホームレス狩りで殺害されたというニュースが報じられて、一件落着と思ったんだが、そのあとで芦屋の上園記念ホスピタルの事件が起きただろう。だから、もしかしたら、塙がまだ生きてるのかという心配もあった」

「塙がテロの首謀者ということか」

城之内がまさかという表情でつぶやく。

「しかし、塙は死んでるんだろ。遺体のＤＮＡ鑑定もやったって、ネットに出てたぞ」

豊田が声を上げると、安達がうなずきながら説明した。

「その件については、浜川先生がいろいろ調べてくれた。小村先生との関係もあってね」

四人が小村の名前に不審を浮かべる中、私は安達に促されて話を引き継いだ。

「実は、事件の少し前に小村から葉書が来て、彼がねぐらにしてるらしい亀戸のブルーシートを訪ねたんだ。そのときは会えなかったが、直後にホームレスが襲われたと聞いたから、てっきり小村が殺られたと思った。ところが、殺されたのは塙だというじゃないか。どう考えてもおかしいと思ってね」

「どうおかしいんだ」と林。

「そのブルーシートは直前まで小村がねぐらにしてたんだ。なのに、突然、塙と入れ替わって、直後に殺されるなんてあり得るか」

「小村は今どこにいるのか、わからないのか」と城之内。

「行方知れずだ。実は、小村は〝勝ち組医師テロ〟に関する情報を知ってるようなそぶりがあった。もし、塙がテロの首謀者だとしたら、小村の口を封じることも考えられるのじゃないかと思って」

「ということは、殺されたのは小村君で、塙君は生きてるってこと？」

宮沢は自分が見たものは幽霊でなく、生身の塙だと言いたいようだった。しかし、安達が言下に否定した。

「遺体の確認は実の妹がして、ＤＮＡ鑑定までやってるんだ。塙の妹には浜川先生が話を聞きに行ってくれた。遺体が小村だったなんてあり得ない」

安達は塙の死にこだわっているようだった。私は琴美の推理を思い出したが、確証がないので黙っていた。小村の両親から聞いた話も伏せておいた。事件の一カ月ほど前に、塙らしき人物が小村の両親を訪ねたが、ホームレス姿ではなかったという件だ。代わりにこう聞いた。

「小村の存在が確認されれば、遺体が小村という線は消えるわけだろう。だれか、小村の消息を知らないか」

答える者はいない。林がみんなを見まわすように言った。

「逆に、塙を見た者がいれば、殺されたホームレスは小村ということになるのか」

「きっとそうよ。妹さんだって取り乱してたでしょうし、病理学的にはＤＮＡ鑑定も必ずしも確実じゃないわ」

宮沢が勢い込んだ。安達が両手でテーブルを叩き、声を荒らげた。

「冗談じゃない。林先生と宮沢先生の見たのが塙だなんてことはあり得ない。殺されたホームレスは塙にまちがいないんだ。だから、これだけはみんなに頼んでおく。塙の幽霊が出たなんて話は、ぜったいに総裁の耳に入れないでくれ」

なぜという顔で全員が安達を見た。

「脅迫状のせいでもないだろうが、総裁は塙に異様に神経を尖らせているんだ。芦屋のテロのときも、塙が生きてるんじゃないかと大騒ぎしたくらいだから」

またちらと私を見る。今度はよけいなことは言うなの合図だ。

「塙がテロの首謀者かもしれないということは、総裁がいちばん気にしてることなんだ。だから、冗談でも塙らしき人物を見たとか、幽霊を見たとか言わないでほしい。今は『医道の党』の舛本さんと組んで、せっかく上り調子なんだから、この勢いを失いたくないんだ」

「わかった」

「そうするわ」

全員が納得したが、安達の顔から不安の色は消えなかった。狩野を標的としたテロの危険性を考えているのだろうか。

会はお開きになり、みんなでエレベーターに乗ってロビーに向かった。微妙な沈黙の中で、私は自分の言葉を反芻《はんすう》した。小村の消息を知っている者はまずいないだろう。ホームレス事情に詳しい琴美が調べても見つからないのだ。逆に、林と宮沢が見たのが、塙である可能性は否定できないのではないか。私は琴美の推理が当たっているような気がした。すなわち、殺されたホームレスは小村で、塙はどこかに隠れているのだ。

しかし、なぜ、塙は林と宮沢の前に現れたのか。小村の遺体を自分だと偽装したのなら、知人に姿を見せるのは危険なはずだが。

28

久しぶりにエディで会う琴美は、心なしか余裕と自信に満ちているように見えた。

「幽霊なんて冗談じゃない。二人が見たのは生身の塙氏よ。やっぱりわたしの推理が正しかったようね」

パラゴンから聞こえるのは、白人女性とも思えないキャロル・ブルースの迫力ある歌声だ。レコードは『Thrill To The Fabulous Carol Bruce』。

塙らしい人物が現れたことをメールで伝えると、琴美はすぐに会いたいと言ってきた。エディで落ち合うと、私は幽霊の話を繰り返したが、一応の留保をつけた。

「まだ塙本人と決まったわけじゃないぞ。林が見たのは雨の夜で、距離もあったみたいだし、宮沢も一瞬、見ただけで逃げ出したから、たしかなことはわからないんだ」

「往生際が悪いわよ。素直に事実を認めなさいよ」

琴美はもう答えは出ているとばかりに、勝ち誇った笑みを浮かべた。私も九割方は認めていたが、疑問もないではなかった。

「もし、塙が遺体を自分に偽装したのなら、顔を知ってる者の前に出てくるのはまずいんじゃないか」

「それはたしかに」と、琴美はいったん認めながら、すぐに答えらしきものを見つけ出した。「何か二人に特別な用があったんじゃない。あるいは、自分の姿をさらすことで、別の影響を与えようとしたのかも」

「狩野へのプレッシャーということ?」

狩野が塙の生死に神経質になっていることは、前に琴美にも伝えていた。

「塙氏が姿を現した意図はわからないけど、生きているのはほぼ確実でしょう。ヒロさんが小村氏の両親から聞いた話、事件のひと月前に訪ねてきた塙氏らしき人物がきちんとした身なりだったというのも傍証になるし。遺体は髪も髭も伸び放題だったんだから」

パラゴンから「セントルイス・ブルース」が流れだし、さすがにこの曲は知っているのか、琴美も軽くスイングする。同じ曲でも歌手によって雰囲気はまるでちがう。キャロル・ブルースのそれは圧倒的な迫力があった。

琴美が私を見据えて、焦れったそうに言った。

「まだ何か疑問があるの？　わたしの推理にどこも矛盾はないでしょう」

「ちょっと待てよ。いくらなんでも単純に割り切りすぎじゃないか」

「どうしてよ」

腑に落ちないのは、塙がほんとうに〝勝ち組医師テロ〟に関わっているのかということだ。今のところ、根拠は安達たちが二十年前に見た『豚に死を』というメッセージしかない。

「たしかに、それだけじゃ弱いかもしれないけど、狩野氏も安達氏も信じ込んでるんでしょう。ヒロさんの知らない何かがあるのかもしれないわよ」

しかし、実際、そんなことがあるのだろうか。

私は少しちがう見方を口にしてみた。

「『豚ニ死ヲ』というメッセージは、時代を象徴する流行語になってるんじゃないか。一連のテロに共通するのもそれだけで、あとは場所もやり方もみんなバラバラだ。芦屋の事件の容疑者も、そんなふうに遺書に書いてたじゃないか。心情的な連帯で、現実的には関係がないって」

「あの遺書、わたしはどうも不自然なものを感じるのよ」

琴美は前から考えていたという口調で言った。「知り合いの記者によれば、遺書には亜ヒ酸の入手先から混入方法、テロの動機、自殺の理由、そして『豚ニ死ヲ』のメッセージについてまで書いてあったのよ。まるで事件の概要を、一から十まで解き明かすみたいじゃない。それって逆に怪しくない？」

「どういうことさ」

「捜査の方向を誤らせるためよ。だいたい病院長に送りつけたメッセージの説明なんて、遺書に書く必要ないでしょ」

「そう言えばそうかも」

遺書は真実を隠すカムフラージュというわけか。

「だけど、竹崎という看護師は自殺したんだろう。だれかをかばうために命まで捨てるかな」

「亜ヒ酸は、自分で飲んだとはかぎらないでしょう」

背筋に冷たいものが走った。

「……テロの首謀者として、塙が殺ったと言うのか」

あり得ない。琴美は実際の塙を知らないからそんなストーリーが作れるのだ。正義感が強くて、堅物すぎるくらいまじめな塙が、簡単に人を殺すはずがない。そう説明すると、琴美も一応は前言を撤回した。

「でも、わたしは一連のテロが偶発的なものだとは思わない。方法も場所もちがうけれど、強いメッセージ性があるでしょう。ただの愉快犯じゃなくて、政治的なテロよ。そんなことをするのは、知的で正義感の強い人間だわ。それは塙氏に当てはまるんじゃないの」

たしかに塙には政治的な一面があった。彼が部長を務めていた「現代医療研究部」には、一部の過激な学生も集まっていた。

「それに貴志子さんによれば、塙氏は医療格差は許せないとか、日本の医療の現状に強い不満を持っていたようじゃない」

「しかし、いくら何でも、塙ひとりじゃ連続テロは無理だろう」

「仲間がいるんじゃない。たとえば……小村氏とか」

思いがけない名前に私は話の方向を見失った。琴美は推理を進める。

「もしそうなら、小村氏が〝勝ち組医師テロ〟に関する情報を手にするのも簡単だわ」

「それはあり得ない」

私は断言した。「小村は上昇志向の塊みたいなやつだぜ。政治的なテロみたいに、自分の得にならないことにはまず関わらないさ」

「だけど、医学部を首席で卒業するくらいのエリートだったのに、現場でうまく立ちまわれなくて、ホームレスにまで身を落としたんでしょう。勝ち組の医師に対する恨みはそうとう深いんじゃない。貴志子さんも言ってたじゃない。小村氏は、勝ち組医師を皆殺しにしてやると怒鳴ってたって」

それは私も気になっていたことだが、あの小村がそこまでやるだろうか。

「やっぱり無理があるよ。小村はそのネタで評論家になろうとしてたんだぜ。テロリストの一員だったら、書いたとたんに手が後ろにまわるだろう。なんとかごまかしても、裏切り者として仲間から狙われることになる」

「じゃあ、小村氏は別ルートで情報を得たのね。塙氏とは貴志子さんの部屋でいっしょに暮らした仲だから、何かのはずみで知ったのかもしれない」

「それで塙が小村の口を封じるために、ってとこにもどるのか。ホームレスの遺体が小村だということが証明されれば信憑性《しんぴょうせい》もあるけど、どうかな。遺体は荼毘《だび》に付されたんだから調べようがないな」

「遺骨があるはずだけど、偽装に協力した可能性の高い貴志子さんが、調べさせてくれるわけないわね」

「警察には血液のサンプルとかがあるんじゃないか」

「それも簡単には手に入らないでしょう」

「小村のほうからアプローチできないなら、塙をさがすしかないな」

私が言うと、琴美は我が意を得たりというように背もたれに身を預けた。

「だからあのとき言ったでしょ。塙氏が奄美大島の病院にいられなくなった、、、ある事情というのに、わたしは興味があるって」

エディのマスターが新しいレコードに針を下ろした。ドナ・フラーの『My Foolish Heart』。これがジャズかと思うようなスローテンポの曲だ。貫禄《かんろく》たっぷりのハスキーボイスが、「わたしの馬鹿な心」と、暗示的なタイトル曲を歌い上げた。

29

〈理想を実現するためには、障害を排除しなければならない。多少荒っぽい手段になっても仕方がない〉

〈しかし、あまりに危険では〉

〈きれい事は言ってられないんだ。このままでは取り返しがつかなくなる。負け組の医師と負け組の患者を同時に救うのには、この方法しかない〉

〈でも、負け組の医師たちはいつまでもお医者さま気分が抜けなくて、すぐ自暴自棄になりますよ。この先生だって、まるで腑抜けの木偶《でく》人形だ。……おい、あんた。だれのおかげでここにいられるのかわかっているのか。少しは感謝したらどうだ〉

〈…………〉

〈もういい。それより大阪のほうは大丈夫か〉

〈ええ。川崎のようなことはないと〉

〈あのときは危なかったな。三百万円は不本意だったが、致し方なかった……〉

＊

羽田発のＪＡＬ６５９便は、予定の十二時三十分を五分ほど遅れて出発した。奄美大島まで二時間余りのフライトだ。

「塙先生が勤務していた神越会病院って、空港から近いの」

琴美が奄美大島の地図をタブレットで開きながら聞く。

「奄美市の中心部から少し内陸に入った朝戸《あさと》というところだから、タクシーで一時間ほどかな」

飛行機は離陸後、分厚い雲の上に出て、窓の外は一面、輝くような銀灰色の絨毯《じゅうたん》になった。

「塙氏はその病院を三年前にやめたのよね。医師が病院をやめる理由って、ふつう、どんなことが考えられるの」

「給与に不満があるとか、人間関係とか、あるいは患者とのトラブルとか」

「貴志子さんはわざとみたいに曖昧に言ってたわよね。医療ミスか何かで病院に迷惑をかけたのかしら」

「そうだとしても、やめっぱなしはないだろう。奄美大島の病院にいられなくても、東京にもどれば働き口はいくらでもあるから。自分で開業するのはたいへんだけど、雇われ院長なら引く手あまただ。健診センターの医者とか、産業医とか、看護学校の講師とかもある。選り好みしなければ、再就職に困ることはない」

「やっぱり医師免許は強いわね」

琴美が揶揄するように言う。

「だけど、塙はそれを使わなかった。保険医登録も抹消されたままだから、ふつうの病院で診療はできない。自由診療の病院ならできるけど、それでも自治体に届けは出さなきゃいけないから、消息は知れるはずだ」

「もし、塙氏が〝勝ち組医師テロ〟に関わっているとしたら、当然、居場所は明かさないわね。むしろ死んだことにしておいたほうが都合がいい」

私たちは機内で答えの出ない会話を繰り返した。

奄美大島に出向く前に、私は奄美神越会病院に電話をして、塙がやめた理由を聞いてみた。事務長は警戒感ありありで、個人的なことはお答えできませんと、木で鼻をくくったような応対だった。

塙が奄美大島の前に勤務していた沖縄神越会病院に電話すると、こちらは事務長が気さくに話してくれた。塙が襲われて死亡したというニュースも知っているようだった。

——何か事件に巻き込まれたと聞きましたが、ほんとうですか。まさかあの塙先生がという気持です。仕事熱心な先生で、患者や看護師からの評判もよかったです。沖縄には十年前までいらっしゃいました。転勤が決まったときも、みんなに惜しまれましてね。転勤の理由ですか。それは神越会本部の人事です。

特定医療法人の神越会は、全国に系列の病院があり、適宜、医師を動かしているらしい。

琴美が聞いた。

「じゃあ、その神越会本部が塙氏をクビにしたのかしら」

「それはちがうと思う。東京の神越会本部にも問い合わせたけど、塙は個人的な理由で退職したと言われた」

電話での調査が行き詰まったあと、奄美行きを決めたのは琴美だった。アテがなくても、とにかく現地に足を運ぶのがノンフィクションライターだというのだ。

飛行機が高度を下げ、ふたたび雲を抜けるとすぐ下に濃紺の海が見えた。機体があわや海面に不時着かと思う直前、滑走路が現れて着陸した。

空港ビルを出ると、街路樹のソテツやシュロが濃い緑の葉を広げている。東京とは思った以上に空気がちがう。亜熱帯特有の熱と湿気を含んだ厚みが感じられる。琴美とタクシーに乗り、奄美神越会病院に向かった。

奄美市街を抜け、島を縦走する国道58号線を山手に向かうと、住宅地が切れたあとに四階建ての白い建物が見えた。屋上に「奄美神越会病院」と大書した緑色の看板が掲げられている。

「けっこう立派じゃない」

素朴な施設を予想していたのか、琴美は建物を見上げて感心した。

「まずは中に入ってみよう」

玄関から入ると、外来の受付は終わっていてロビーは閑散としていた。見舞客らしい住民が、通りすがりに私たちを見て行く。見るからによそ者なので目立つのだろう。

「とりあえず、院内を見てまわりましょうか」

琴美が院内の案内板に近づき、各階の配置を見渡した。受付のガラス越しに、事務の女性がこちらを見ている。声をかけられると面倒なので、行き先がわかっているふりをして、エレベーターホールに向かった。

「塙がいた内科病棟は三階みたいだな」

エレベーターを降りると正面にナースセンターがあり、看護師たちが立ち働いていた。怪しまれないように素通りして、病室の並ぶ廊下に進む。

前から若い看護師が来たので、声をかけてみた。

「すみません。ちょっとうかがいたいことがあるんですが」

「どうされました」

看護師は親切そうに笑顔を見せる。

「以前、この病院にいた塙先生のことで、話を聞かせてくれる人をさがしてるんですが」

「塙先生……ですか」

表情が強ばった。触れてはならない話題のように緊張している。

「わたしではわかりませんので、看護師長に聞いていただけますか」

目を逸らしてそそくさとナースセンターにもどっていった。どういうことか。琴美が仕切り直しの口調で言った。

「正面からアタックするしかないみたいね」

ナースセンターにもどって看護師長を呼んでもらうと、すでに報告を受けたらしい貫緑十分の中年女性が、硬い表情でカウンターの向こう側に立った。

「どういうご用件でしょう」

「お忙しいところすみません。私はこの病院にいた塙先生の大学の同級生で、浜川と申します。彼についてうかがいたいことがあって、東京からやってまいりました」

まじめな顔で名刺を差し出す。看護師長は琴美にも鼻眼鏡越しの視線を向ける。

「ノンフィクションライターの八代琴美です」

琴美が名刺を出すと、受け取って胡散臭そうに裏表を確認した。

「塙先生は三年前におやめになりました。どんなことをお聞きになりたいんですか」

「ちょっとややこしいんですが、先日、彼は事件に巻き込まれた可能性があって」

探りを入れるように言ってみたが、無反応だった。ということは、事件を知っているということだ。

「その件に関して、何か手がかりになるようなことはないかと思いまして」

「うちの病院が何か関係あるのですか」

「そういうわけでは」

「でも、わざわざ東京からいらっしゃったんでしょう。何もなければ、ふつうそこまでしませんよね。今日は奄美にお泊まりですか」

「ええ、まあ」

「塙先生は奄美を出たあと、どちらにお勤めだったんですか」

「それはわからないんです。東京にもどったのはたしかなんですが」

センター内で仕事をしている看護師たちが、チラチラとこちらをうかがっている。どうも妙な雰囲気だ。看護師長がさらに聞く。

「塙先生は神越会病院のことを、何か言っていたのですか」

「それはないと思います」

話を聞かせてもらう以上は、相手の質問にも応じなければと思って答えたが、いっこうに前に進まない。

「彼は病院ともめるようなことがあったのでしょうか」

痺《しび》れを切らして聞くと、看護師長は丸い顔を無表情に固めて言った。

「わたしは何も存じません。そういうことでしたら、事務長にお訊ねください」

結局、答えてくれないのか。私は「お忙しいところを、どうも」と形だけの挨拶をして、ナースセンターをあとにした。

「どうする。ダメ元で事務長に聞きにいってみようか」

「そうね」

動きののろいエレベーターは使わず、階段で一階に下りた。窓口から見ると、奥で事務長らしい男性が受話器を持ち、むずかしい顔でうなずいている。内科病棟の看護師長から注進を受けているのだろう。

待っていると、通話を終えた事務長が自分から私たちのほうにやって来た。何も聞かないうちにまくしたてる。

「この前、電話をしてきた人ですね。塙先生のことでしたら何も話すことはないですよ。それに、塙先生は事件に巻き込まれたんでしょう。それならもういいがな。それとも何ち。うちの病院の治療にケチをつけて、診療妨害でもするつもりな」

「とんでもない」

興奮しているせいか、途中から地元の言葉になっている。

「塙先生が何を言うとったか知らんが、うちの病院とはいっさい関係はねんから。それにしても、あんたら、どうしてあの先生のことをそんなに調べてるわけ？」

また質問だ。向こうが答えてくれないのだから、こちらも答える義務はない。

「いろいろ気になることがありましてね。いえ、こちらのことです」

思わせぶりに言ってやると、事務長は不安と不機嫌を混ぜたように口を歪めた。何か言いたそうだったが、それを封じるように背を向けた。琴美もいっしょに玄関に向かう。

タクシー乗り場に行こうとしたとき、「あの」と呼び止める声があった。柱の陰で小柄な看護師が視線を逸らして立っている。近寄るとメモを押しつけられた。

『あとでメールをください。塙先生の名前は書かずに』

看護師は目を伏せたまま、玄関と反対側に走り去った。裏口でもあるのだろう。

「内科病棟のナースセンターにいた子だわ」

後ろ姿を見送りながら琴美が言った。メモにはケータイのメールアドレスが記されていた。

タクシー乗り場にもどり、待っていた車に乗り込む。

「名瀬《なぜ》の奄美サザンホテルまでお願いします」

病院の玄関を振り返ると、事務員らしい男がこちらを見ていた。

30

奄美サザンホテルは、奄美市の中心部にある観光客向けのホテルである。小高い森を背景に、ロビーからも部屋の窓からも海が見渡せる。

チェックインしてから、私はもらったメモのアドレスにメールを送った。塙の名前を書かずにというのは、だれかにメールを見られたときの用心だろう。だから、そっけない文面にした。

『奄美サザンホテルにいます。部屋番号は４０２です』

時刻は午後五時二十分。そろそろ日勤の看護師は自宅か寮に帰るころだ。琴美も私の部屋に来て待っていると、しばらくして返信があった。

『次の番号にお電話いただけますか。藤野望《ふじののぞみ》』と書かれたあとに、ケータイの番号があった。ダイヤルすると、さっきの看護師の声が応えた。

「塙先生のことを訊ねてらっしゃるようですが、深入りするのはよくありません。できれば早く島を出られたほうがいいです」

「どうしてですか」

藤野看護師は答えない。重ねて聞いた。

「何か事情があるようですね。ご迷惑はおかけしませんから、話せる範囲で教えていただけませんか」

「わたし、今の病院に勤めて一年目に、塙先生にいろいろ教えてもらったんです。塙先生はいい先生です。だけど、院長を怒らせてしまったので病院にいられなくなったんです」

「何をしたんです」

「塙先生のことは病院ではタブーで、迂闊には話せません。塙先生を慕う看護師も多いですが、病院ににらまれると困るので、表立って味方することはできないんです。東京でだれかに襲われたという噂も聞きましたが、だれも話題にはしません」

「その事件のことで調べてるんですが、何か思い当たることはありませんか」

沈黙。私は試すように言ってみた。

「もしかしたら塙は生きてるかもしれないんです。それで、奄美大島まで手がかりを調べに来たんです」

「それならよけいに関わらないほうがいいです。早く島を出てください」

「でも、こんな時間だから飛行機もないし、フェリーもないんじゃないかな。どうしてそんなに危険なんです」

「詳しくは話せません。だけど、塙先生はぜったいに悪くありませんから」

それだけ言って、藤野看護師は何かに追われるように通話を切った。ケータイはスピーカーフォンにしていたから、琴美も内容は聞いている。

「妙ね。塙氏は何かヤバイ話に関わっているのかも」

「〝勝ち組医師テロ〟がらみでか」

「それはわからないけど」

内線電話が鳴り、フロントから私に来客だと告げられた。琴美と顔を見合わせる。心当たりはない。それでもとりあえず二人でロビーに下りた。

待っていたのは、上等そうなスーツを着た五十歳くらいの男性だった。ふつうのサラリーマンではなく、どことなく崩れた感じの物腰だ。

「お疲れのところ、すみません。浜川先生と八代さんですね。私はこちらで音楽関係の仕事をしております綱島《つなしま》と申します」

　恐縮しながら名刺を差し出す。肩書きは「オリエンタル企画　ＭＩプロダクション取締役社長」となっていた。

「神越会病院にいる知人から、塙先生のことを聞きたがっている方がいらっしゃるとうかがったものですから」

「塙をご存じなんですか」

「私は趣味でジャズの名盤を集めてまして、塙先生もジャズがお好きだったので、よくいっしょに聴いてたんです。うちにちょっとした音楽機材がありますので」

　なんだか胡散臭い。だが、身なりは一応きちんとしているし、ジャズのことも知っているのだから、塙を知っているのは事実だろう。それでも用心のために聞いた。

「病院の知人とは、事務長さんか看護師長さんですか」

「いいえ。看護師です」

　琴美を見ると、彼女も警戒しているようすだった。綱島は我々の不審に頓着せず、しんみりした調子で言った。

「塙先生にはお世話になったんです。私はこう見えて、血圧と血糖値が高くてね。治療してもらっているうちに、ジャズがお好きだということがわかって、プライベートでもごいっしょするようになったんです。それがあんなことになってしまって……」

亀戸のホームレス殺しのことだろう。

「こちらでもニュースになったんですか」

「ネットで見ました。ご存じかどうか、塙先生はちょっと病院とごたごたがありまして、私も少し関わっていたので気にしていたんですよ。そのあたりの話も含めて、夕食でもごいっしょさせていただけませんか。いいところにご案内しますよ。車を待たせてますから」

愛想よく言い、そのままの流れで我々を連れ出そうとしたが、琴美が待ったをかけた。

「わたしたちがこのホテルにいることは、どうやってお知りになったんですか」

「簡単ですよ。奄美に先生方がお泊まりになりそうなホテルは二つ三つしかありませんからね。仕事柄、東京からの来客も多いので、ホテルの知り合いに聞いてすぐわかりました」

個人情報の漏洩《ろうえい》だと思ったが、知られてしまったものは仕方がない。

「どうする」

「病院でのことも聞きたいし、お言葉に甘えようか」

琴美に答えると、綱島は「ぜひそうしてください。私も塙先生のことをいろいろお聞きしたいですし」と相好《そうごう》を崩した。

玄関を出たところで綱島が手を挙げると、シルバーメタリックの高級車が近寄ってきた。

「どうぞ」

ドアを開け、琴美と私を後部座席に乗せる。自分は助手席に座り、「いつものところへ」と運転手に言った。ハンドルを握っているのは事務所のスタッフらしい茶髪の青年だ。

車は市街を出て、国道58号線をふたたび病院のほうに走った。夕闇が迫り、街灯以外の明かりは見えない。

「奄美ははじめてですか」

綱島が前を向いたまま聞く。それには答えず、琴美が逆に聞き返した。

「この先に食事をするようなお店があるのですか」

「店ではなくて、別荘にお出でいただこうと思ってるんですよ。ご心配なく。帰りもちゃんとお送りしますから」

大丈夫なのか。胸騒ぎがして、無事に帰れるのかどうか不安になった。琴美も身を強ばらせている。二人で示し合わせて、車から飛び出すことも考えたが、相当なスピードで走っているのでそれも危険だ。

琴美が身体を前に乗り出してふたたび聞く。

「さっき、ホテルの知り合いにお聞きになったとおっしゃってましたが、どなたをご存じなんですか」

「支配人ですよ。でなきゃ教えてくれません」

「じゃあ、支配人は今夜、わたしたちが綱島さんといっしょなのはご存じなのですね」

「もちろんです」

我々の行動について、証人がいることを暗に念押ししたようだ。それだけ彼女も危険を感じているのだ。そのことがよけいに私を不安にさせた。

31

車は病院を通りすぎ、真っ暗な道をさらに三十分ほど走って、広場のようなところに停まった。あたりに人家はなく、トタン張りらしい倉庫みたいな建物があるばかりだ。外壁の隙間から明かりが洩れている。広場には黒塗りの車が三台停まっていた。

「着きました」

「ちょっと、どういうつもりですか。別荘だなんて、ただのバラックじゃないですか」

琴美が突っかかると、綱島は前を向いたまま顔を伏せるように笑った。

「フハハハ。バラックっちな。気の強い姉さんじゃやー」

声の調子が変わっている。

先に停まっている車から、チンピラ風の男が数人出てきて、私たちの車を囲んだ。両側からドアが開かれる。綱島と運転手が降り、砂利を踏みしめる音が不吉に聞こえた。

「早く降りれっちょ」

「何するの。やめて」

腕をつかもうとする男の手を払いのけて、琴美は自分から外に出た。私も仕方なく車を降りる。男たちに囲まれ、追い立てられるようにバラックに入った。鉄くずを積み上げた土間に、裸電球が五つほど吊《つ》るされている。奥に事務室のような扉があった。

「あんたはこっち」

綱島が琴美を手前にある小部屋に連れていこうとしたので、私はとっさに叫んだ。

「彼女は関係ない。手荒なことはしないでくれ」

綱島が立ち止まって私をにらんだ。ホテルで会ったときとはまるでちがう。悪行に染まった目だ。

「わたしは大丈夫。この人たちもわかってるはずよ」

琴美は毅然《きぜん》と言い放って、自分から小部屋に入った。何を根拠にそんな強がりを言うのか。思う間もなく、私は両脇と前後を固められたまま、奥の事務室に連れていかれた。

事務室には黒い合皮の応接セットがあり、でっぷり太った男が座っていた。ヨレヨレの麻のスーツの下に、襟首の伸びた赤いTシャツを着ている。白髪混じりの五分刈りで、眉間に皺が盛り上がり、分厚い唇が濡《ぬ》れていた。

「浜川先生だね。医事評論家っちな。そんな商売があるわけな。若い者に調べさせたら、本も出してるっちじゃがな。俺は安東《あんどう》っちゅんば。今日はあんたにちょっと聞きたいことがあるっちょや」

安東は聞き取りにくい地元の言葉で言い、顎で合図して私を手前のソファに座らせた。配下らしい男たちが背後を囲むように立つ。ここも明かりは裸電球だ。バラックに不似合いな豪華な机があり、書棚にはファイルと六法全書が並んでいる。あたりは埃《ほこり》だらけで、壁には竹刀と木刀が立てかけてあった。柄に手垢がついているところを見ると、ただの飾りではなさそうだ。床に落ちている電気コードやタオルまでが、拷問に使われそうで禍々しく見えた。

「あんた、塙の同級生だっちな。塙がここで何をやったか、知って調べにきたわけな」

「いいえ」

「ほんとな。あれはとんでもねぇ野郎で、病院にもうちのオヤジにもひどい迷惑をかけたっちよ。三年前になるが、オヤジが胃がんで入院したとき、手術で命を助けてもらったから、院長に謝礼を渡したのよ。当然のことだろが。それを塙は、患者の謝礼は金持ち優遇につながるとか抜かしよって、正義の味方ぶって、あることないことでっち上げて、とうとう警察沙汰にまでしっくらった。鹿児島県警からデカが来てたいへんだったわけよ。オヤジは病み上がりなのにパクられてや」

オヤジというのは父親ではなく、親分筋の人物のようだ。安東は身を乗り出し、芋虫のような指を組み合わせた。

「俺たちは塙に口止め料を払ってたんだ。三百万。それなのにあれは警察に垂れ込んで、飛びやがった。おかげでオヤジと院長は、今も鹿児島で臭いメシを食ってるわけよ。俺たちが怒るのも無理ねんだろ」

「塙がそんなことをするとは思えません」

「ところがしゃんわけよ」

安東は怒りと凶暴さをない交ぜにして私をにらんだ。

「顔つぶされて黙っておられんにゃよ。塙が島を出たあと、すぐ追いかけたんばん、見つからんかった。神越会がらみの病院とか、東京の知り合いにも頼んで調べたんばん、どこへ雲隠れしゃーむんか、厚労省の登録もチェックしゃんばわからんた。そしたら塙がホームレスになってて、襲われて死んじゃちニュースが入ったわけよ。だれにやられたか知らんが、バチが当たったたんち話しゅんところ、あんたが塙のことを嗅ぎまわってるっち話が来ちゃんわけよ」

彼らは塙に妹がいることは知らないのだろう。名字がちがうことが幸いしたようだ。塙が医者の仕事をしなかったのは、彼らの目を逃れるためだったのか。

安東は思わせぶりに言葉を途切れさせ、目を伏せた。

「あんた、今日、神越会の看護師長に、塙は事件に巻き込まれた可能性があってっち言うたらしかんば。巻き込まれた、じゃなくて可能性があるっちゅうことは、巻き込まれんかった可能性もあるっちゅうことだろ。どういうことか、説明しんに」

内科病棟の看護師長に言ったことがもう伝わっている。この連中は病院の幹部とつながっているのだろう。頭を整理しながら、よけいなことを言わないようにして話した。

「ホームレスが襲われた場所には、もともとは塙ではなく、小村という別の同級生がいたんです。小村は私に葉書を寄越して、評論の仕事を紹介してほしいと頼んできました。それで、ホームレス事情に詳しい八代とようすを見にいったら、ブルーシートのねぐらは留守でした。その直後にホームレスが襲われたという記事が出たので、てっきり小村が被害に遭ったと思ったんです。そしたら、遺体は塙だという発表があったので、おかしいと思って調べにきたんです」

「殺されたのは小村という男だと思ってるんだろ。それならなぜ、警察は塙だと発表したわけよ」

「ブルーシートから塙の保険証が見つかったからだと聞いてます」

「それだけで身元を特定したわけな。警察ならもっと確実な証拠をつかんでるんじゃないのわけ」

「知りません」

「DNA鑑定までやったって聞いてるんじゃが」

ネットで見たのだろう。しかし、貴志子による確認は知らないようだ。

「警察が遺体の身元確認をまちがったりするわけな」

安東は目を伏せたまま独り言のようにつぶやいた。彼は殺されたのが塙だということを、完全に否定しているわけではないようだった。それならそう思わせておくのもいいかもしれない。

「遺体が小村だという証拠があるわけではありません。警察の発表通り、塙が殺された可能性も高いと思います」

迂闊に口走ると、安東の表情が変わった。

「あんた、何か隠してるだろ」

顔は伏せたまま上目遣いで私をにらむ。周囲に立っていた男たちが、身構えるのがわかった。安東が声に凶暴さをにじませて言った。

「あんたは塙が生きてるっち思ってるから、わざわざ奄美まで来たんだろ。死んだのは小村ちゅう男なんだろう。塙とその小村はどういう関係よ」

「大学の同級生です」

「それだけじゃねんだろ。別の関わりがあるだろ」

何も言わないではすまされそうになかった。まわりの男たちは、安東の合図ひとつで私に襲いかかる雰囲気だった。

「〝勝ち組医師テロ〟というのをご存じですか。去年の十二月からあちこちで起きている医者を狙ったテロ事件です」

安東は答えない。詳しくは知らないのだろう。

「東京とか大阪とかで四件、計八人の医者が殺されています。詳しいことはわかりませんが、塙はそのテロに関わっている可能性があるんです。小村がそれをどこかから知って、マスコミにバラそうとしたために、塙が口封じに殺《あや》めた可能性があるのです」

一気にしゃべると、安東の表情が動いた。彼にも思い当たることがあるようだ。軽蔑の混じった鼻息を洩らすと、ソファに肥満した身体を預けた。

「同級生をバラして、自分が殺されたように偽装したってわけな。警察と俺たちの目をごまかすためじゃや。あの卑怯者のやりそうなことじゃが。そんであんたらもその真相を暴いて、自分らも本にしようち思とんわけな」

勝手な解釈だが、納得しかけているのを妨げることはない。黙っていると安東はさらに聞いた。

「で、塙はどこにいるっち」

凄《すご》みは利かせているが、さっきとはまるでちがう。ほんとうのことを言わなければ痛い目に遭わせるという空気は薄らいでいる。

「わからないから、手がかりをさがしにきたんです。そのためにまず塙が奄美にいられなくなった理由を調べようと思って。今、それを聞いて納得しました」

「そうな」

なんとか了解してもらえたようだ。

そこへ綱島が入ってきて、安東に耳打ちした。安東がうなずき、「もういいっちゃ」と応えるのが聞こえた。綱島が出ていき、私は連れてこられたときと同じように男たちにまわりを固められ、事務室からバラックの外へ連れ出された。

琴美はすでに車の後部座席に座っている。表情は硬いが、暴力は受けていないようすだ。綱島がナイロン風呂敷に包んだ折り詰めを二つ持ってきた。

「いやな思いをさせて悪かったですね。これはおみやげです。夕食をご馳走《ちそう》するお約束でしたから」

もとのていねいな口調にもどっている。顔つきも白々しいほどふつうだ。綱島は私を琴美の横に座らせると、「ホテルまでお送りして」と運転席に声をかけた。

車はまた真っ暗な道を走り、一時間ほどでホテルに着いた。

途中、運転していた青年はこちらが何を聞いても、ひとこともしゃべらなかった。

32

ホテルのロビーで綱島にもらった折り詰めを渡そうとすると、琴美は「そんなもの食べられないわよ」と、ゴミ箱を指さした。

「それより、いい？」

エレベーターを出て、私の部屋に入ってきた。

「わたしたちがしゃべったことと聞いたことを、確認しとかなきゃ」

二人が話した内容は、似たり寄ったりだった。しかし、聞き出した情報量にはかなりの差があった。

琴美の説明によると、綱島たちのグループは、南道社中《なんどうしゃちゅう》という自称〝総合商社〟で、奄美大島の裏社会を牛耳っているらしい。オヤジと呼ばれるのは会長の富沢《とみさわ》某。三年前に胃がんの手術を受けて、執刀した外科医ではなく、院長に百万円の謝礼を渡した。しかし、それは単なる謝礼ではなく、特別な意味合いのある金だった。富沢と院長は明らかな違法行為に手を染めていて、どこかからその情報を得た塙が院長を追及した。院長は富沢に泣きつき、南道社中が間に入って、塙に口止め料として三百万円を支払った。ところが、塙は約束を守らずに警察に告発し、そのまま島を脱出したという。

「どうやってそこまで聞き出したの」

「ギブ・アンド・テイクよ。情報の世界では当たり前。ネタをただで渡す手はないからね」

さすがはノンフィクションの世界でタフな取材を続けてきたライターだ。私は感心しながら聞いた。

「あのとき、君は大丈夫って言ってたけど、どうして彼らが暴力を振るわないってわかったんだ」

「わからないわよ。ああ言っときゃ手を出しにくいと思っただけ」

つまりははったりか。私は琴美の度胸にも感心した。

「それよりも、塙氏が受け取ったという口止め料。三百万はちょっとやそっとでは出ない金額よ。相応のネタがあったにちがいない。しかも、それを受け取りながら警察に洩らすなんて、自分から追い込んでくれと言ってるのも同然だわ。おかしいと思わない」

口止め料を受け取ったなどというのは、塙らしくない行動だ。正義感の強い彼なら、いくら金を積まれたって不正を見逃すはずがない。

「つまり、安東や綱島がデタラメを言ってるということか」

「わからない。でも、わたしはどうも貴志子さんの言い方にも引っかかってるの。もし塙氏が院長たちの不正を暴いたんだとしたら、ある事情なんて曖昧な言い方をする必要はないと思うの」

「塙の側にも公にしにくいことがあるというわけか」

「何か事情があるのよ。もう一度、藤野さんから話を聞けないかしら」

時刻は午後十一時すぎ。ぎりぎり許される時間だろう。夕方にかけた番号をリダイヤルしてみた。二十回コールを待ったがつながらなかった。

「メールを送ってみたら。南道社中の事務所に連れていかれたと書いて」

琴美の思惑は的中し、少しして藤野看護師から着信があった。

「ご無事にもどられたんですか」

ひそめた声で聞いてきた。私はまず、今ひとりかどうかを確かめた。彼女は病院の近くのワンルームマンションにいて、話はだれにも聞かれないと言った。

「南道社中ってどんな連中なんです」

「怖い人たちです。病院の上とつながっているので、わたしたちは何も言えないんです」

「塙は連中と病院の院長の不正を暴いたんですね。どんな内容かご存じですか」

「それは……」ためらう気配のあと、声を押し出すように続けた。

「医療用の麻薬と向精神薬の横流しです。ほかにも、医療機器販売のダミー会社を作って、院長が自分の権限で南道社中の資金稼ぎに協力してたともいわれてます」

スピーカーフォンの声を聞いて琴美がうなずく。

「南道社中の連中は、塙に口止め料を渡したと言ってましたが、ほんとうですか」

とんでもない、という答えが返ってくるかと思ったが、意外にも声が途切れた。追い打ちをかけるように聞いてみる。

「三百万を渡したと言うんですが」

「金額は知りません。でも塙先生が南道社中に関わっていたのは、たぶん、事実だと思います」

「どうしてわかるんです」

藤野看護師はわずかに声を震わせた。

「偶然、聞いてしまったんです。塙先生が病院をやめる少し前、わたしは師長に理不尽な怒られ方をして、悔しくて泣きそうになったので、だれもいない非常階段に行ったんです。そしたら踊り場の下で、塙先生がケータイで話す声が聞こえたんです。南道社中から金が入るから、すぐ送るって」

やはり塙は口止め料を受け取ったのか。しかし、それは彼自身のための金ではなさそうだ。

「どこに送ると言ってました」

「聞いてません。でも、資金がどうとか、自分はモグるとか言って、塙先生は何かの組織に関わっているようでした」

琴美の視線が緊張を高める。

「ほかにどんなことを言ってました。何でもいいから思い出して」

「……よろしく頼むとか、準備は慎重にとか、何かの相談事をしているようでした。それからたしか、ゲンイケン？　のメンバーがどうとかも」

現医研。学生時代に塙が部長を務めていた「現代医療研究部」の略称だ。我々が卒業して間もなく解散したはずだが、残党が活動しているのか。

「テロの話はしてませんでしたか」

「何ですか」

「〝勝ち組医師テロ〟ですよ。去年からもう四件も発生してる」

「そんなことは……」

「しかし、資金がどうとか言ってたんでしょう」

思わず強い口調になった。塙は口止め料をテロの準備に使うつもりだったのではないか。

荒い息を繰り返していると、藤野看護師が思い出したように付け加えた。

「そういえば、大阪のケンジンホールで連絡を、みたいなことを言ってたと思います」

「ケンジンホール？　どこです、それは」

「わかりません。ただ大阪のとしか」

それ以上のことは思い出さないようだった。

電話を終えたあと、琴美がさっそく考えを巡らせた。

「ケンジンってどんな字かしら。鹿児島県人の県人か、賢い人の賢人か、それとも堅牢《けんろう》な陣地の堅陣か。ホールと言うからには、会館か催しもの会場みたいなところかしら」

「コンサートホールかビアホールみたいなところもあり得る。あるいはカムフラージュのためにパチンコ屋とか」

琴美はタブレットを取り出して、ネットで検索した。キーワードを打ち込むと、答えはすぐに見つかったようだ。

「これだわ、きっと」

タブレットに表示された名称は『KENJIN HALL』。大阪の北浜《きたはま》にあるマニア向けのジャズ喫茶だった。

33

ネットで調べると、KENJIN HALL はモノラルスピーカーのヴィンテージ物であるJBLのD１００５モデルと、ALTEC６０６を備えた店らしかった。プレーヤーもアンプも一九五〇年代の機材を使っているというから、円山町のエディといい勝負の凝りようだ。いや、スピーカーだけならこちらのほうが上かもしれない。

すぐにも大阪に行きたいと思ったが、翌朝、豊田から電話がかかってきて、東京にもどらなければならなくなった。午後に全医機の本部で、ブレーングループの緊急戦略会議が開かれるというのだ。安達が画策したらしいが、今回は狩野も出席するとのことだった。

「緊急戦略会議とは、またものものしいな」

冗談めかして電話に応えると、豊田はいつもの飄々とした調子で返してきた。

「全医機内でまた反狩野派の動きがはじまったんだ。例の医師の再教育プログラムで、宮沢さんがちょっとやりすぎてさ、反発が広がってるんだよ」

本部で見た宮沢の強権的なやり方が思い浮かんだ。

「あんなふうにやったら、不満も出るだろう」

「気にくわない医師を片っ端からファシリティ送りにしてるからな。全医協の幹部でも容赦なしだ。反論する相手は得意の口でやり込めて、強引に問題点をあげつらって、再教育の判定を下すんだ。それを嬉々《きき》としてやるんだよ。病理学者として優秀なのは認めるが、彼女の本質はサディストかもしれん」

「だれか注意しないのか」

「無理だな。彼女は狩野には絶対服従って態度だけど、あんなに過激に忠誠を尽くされると、逆に何も言えないだろう。安達も再教育プログラムの責任者に任命した手前、口を出せないみたいだしな」

「君が言ってやればいいじゃないか」

「冗談だろう。彼女、陰で何て呼ばれてるか知ってるか、〝飯田橋のゲシュタポ〟だぜ。そんな恐ろしい相手に逆らえるかよ」

「それで会議で説得しようというわけか」

豊田は答えず、逆に聞いてきた。

「ところで、浜川は奄美大島なんかで何をやってるんだ」

「塙のことを調べてるんだよ。彼が三年前に奄美の病院をやめた理由がわかった」

私は昨日判明したことを説明した。

「そんなことを調べてどうする」

「宮沢さんと林が塙の幽霊を見たと言ってただろ。あれは幽霊じゃない。本人だよ。塙は生きてるんだ」

「まさか。証拠でもあるのか」

豊田はさして驚きもせず問い返した。

「証拠はまだないが、たぶんまちがいない」

「じゃあ、亀戸で殺されたホームレスはだれなんだ」

「小村だよ」

「どうしてわかる」

「だから、この前、説明しただろ。俺は小村から葉書をもらったんだ」

豊田の聞き方はどことなく変だった。塙の生存も否定しないし、それどころか私に忠告をしてきた。

「お前が塙のことを調べるのは勝手だが、確証がないのなら狩野の耳には入れないほうがいいぞ。総裁は塙のことになると妙に神経を尖らせるからな。今は大事なときだから、よけいな波風は立てないほうがいい」

やんわりと口止めしているようだった。豊田は安達に取り込まれているのか。

曖昧な気持のまま、琴美とともに午前の飛行機で東京に向かった。

羽田から直行で全医機本部に駆けつけると、ちょうど会議がはじまるところだった。場所は総裁応接室。来客用の豪華なソファに狩野を入れて六人のメンバーがすでに座っていた。

「浜川先生。お疲れのところ悪いがそこに座ってくれ」

狩野が人なつこい笑顔で席を勧める。今日は心理状態も安定しているようだ。

「ここまでみんなの協力で、ネオ医療構想が順調に進みつつあったが、足下でまた不穏な動きが起こっている。状況を説明してくれるか」

狩野に促されて、安達が極秘の印を押した資料を参加者に配った。

「以前、ナレッジフロント東京での講演会のあと、総裁を批判する動きが見られたが、その勢力の中心は医師組合だった。大阪の岡森はじめ、主立った連中は懐柔、または不適格医師の判定をつけてファシリティ送りにした。それは一定の成果を挙げたが、今度は全医機内の無党派と思われていた連中が、批判的な態度を取りはじめた。早急に対処しないと、厄介なことになりかねない」

批判の原因は、強引かつ理不尽な不適格医師の判定であることは明らかだった。責任者である宮沢は、反省するどころか、わずかでも自分が非難されたら、断固闘うという刺々《とげとげ》しい仏頂面で資料に目を落としている。

「若手の医師もこの動きに賛同してるみたいだな。裏で煽っているやつはいないのか」

林が聞くと、安達は首を振った。首謀者がいるわけではなく、全体的な空気がそう動いているのだろう。

城之内が、苦笑混じりに言う。

「狩野に批判的な連中は、リベラルを気取ってるが、結局は稼ぎの少ない無能医師か、デキの悪い不満分子じゃないのか」

「そうなんだが、けっこう数が多いんだ。優秀で将来性のある医師は、ネオ医療構想に賛成しているが少数派だ。全医機の評議会では、優秀な者も無能な者も同じ一票というところに問題があるんだ」

「民主主義の悪しき平等主義だな」

安達の発言を豊田が皮肉めいた言い方で受けた。優秀な評議員の票を割り増ししろというのか。それこそ悪しきエリート主義じゃないかと私は思ったが、黙っていた。代わりにだれに言うともなく訊ねた。

「批判が収まるような対応はできないのか」

宮沢が即座に反応して私をにらむ。安達が取りなすように言った。

「むずかしいんだよ。ここで方針を変えたら、我々が弱腰と見なされる危険がある。かと言って、強硬路線を続ければ批判が高まるのは必至だ」

「狩野に反対する連中は、具体的な行動を考えてるのか」

「水面下の情報だが、リコールを画策する動きがあるようだ」

安達の言葉に全員が顔色を変えた。

「冗談じゃないわ」

宮沢が資料をテーブルに叩きつけた。「だれがそんなこと考えてるの。関わっている連中を徹底的に調べて弾圧してやる。全員、ファシリティ送りよ」

感情的になっているのは、自分に非があるのを自覚している証拠だ。城之内が冷静に取りなした。

「万一、リコールが成立しても、反対派の連中も次の総裁候補がいなければ意味ないだろう。だれかめぼしい人物はいるのか」

「医師組合の土浦委員長を担ぎ出す動きがある。土浦自身は受けるとも何とも言ってないようだが」

「それなら土浦を不適格医師にすればいいのよ。理由は何だって見つかるでしょう。見つからなきゃ作ればいいわ」

不穏当な発言に何人かが苦笑する。安達はそれに同調せず、深刻な調子で言った。

「この際、総裁に反対する勢力は一掃したほうがいい。弱気、日和見《ひよりみ》、きれい事など、抵抗する連中がいると、いつまでたってもネオ医療構想は実現しない。世間では医療格差が拡大し、医療難民、医療負け組と呼ばれる患者たちが増えている。彼らのためにも一日も早くラジカル・リセットを断行しなければならない。そうだろう」

安達に言われて、狩野はうなずく。安達が宮沢を見てさらに続けた。

「土浦委員長にはすでに接触を開始している。反狩野派の口車に乗らないよう説得しているが、なかなか首を縦に振らない。積極的に敵対するわけではないが、歩み寄りもしない感じだ」

「危険よ。早く手を打たなきゃ」

敵意を剝き出しにする宮沢に、城之内が慎重な意見を述べた。

「土浦先生は人望もあるし、患者の評判もいい。明らかな理由もないのに不適格医師の判定を下すと、やぶ蛇になってさらに批判を招くんじゃないか」

「たしかに、今のままファシリティ送りにするのは無理だ。それなりの準備をしなければ」

安達が決裁を仰ぐように狩野を見た。狩野は大学の先輩であり人格者でもある土浦に、一定の敬意を抱いているようだった。困惑を浮かべてつぶやく。

「しかし、土浦先生を切るのは、どうもな……」

「ぼやぼやしてたら総裁リコールの動きが勢いづいてしまうぞ。土浦委員長をつぶせば、あとは雑魚ばかりで運動は盛り上がらない。ここは腹をくくるべきだ」

安達に詰め寄られて、狩野も決心したようだった。一瞬、狩野の目に負け犬のような色が浮かんだ。

34

しばらくして、狩野は全医機本部で臨時の評議員会を開催した。参加者は全国の評議員約六百名。

狩野や安達、豊田ら常任理事は執行部として雛壇《ひなだん》に並び、私を含むブレーングループには右側の特別席が割り当てられた。その中に宮沢あかねの姿はなかった。

事務局長の安達が開会を告げたあと、狩野は沈痛な面持ちで壇上に立った。

「みなさん。今日はたいへんつらい報告をしなければなりません。すでに新聞等にも報道されていますが、全医機の医師組合委員長である土浦公平先生が、先日、警視庁に逮捕されました」

会場に鉛を飲み込んだような空気が広がる。土浦逮捕の容疑は児童買春と強制わいせつ。十六歳の少女に対し、未成年と知りながらホテルで淫らな行為に及んだというのである。ニュースは新聞各紙で報じられ、週刊誌やネットの報道サイトでも大きく取り上げられた。

狩野は会場を見渡しながら、いつもの闊達な口調ではなく、絞り出すような声でスピーチを続けた。

「土浦先生は、僕の大学の先輩でもあります。十歳も年上なのに、僕みたいな若造にもていねいに接してくれ、温厚かつ知性にあふれた立派な紳士でした。耳鼻科医としても一流の診療を行い、また全医機では医師組合の委員長として、勤務医の待遇改善や権利擁護に大いに貢献されました」

狩野のスピーチを聞きながら、私は最後に土浦委員長と会った晩のことを思い出した。

……………

その日、我々ブレーングループは、狩野ともども医師組合の幹部との食事会を催した。先方は土浦委員長のほか、大阪第三医師機構の岡森ら五人。こちらも都合で出席できない安達と宮沢を除く五人だった。たまたまのように見えて、計算されていたのではないかと思う。安達は岡森を強引に転向させた手前、顔を合わせたくなかったろうし、タカ派の宮沢も意図的にはずされたにちがいない。

場所は神楽坂《かぐらざか》の高級フレンチで、フルコースの料理が続く中、会食は和やかに進められた。狩野は終始上機嫌で、強引な説得はもちろん、駆け引きや思わせぶりな話も出なかった。

ところがその帰路で、土浦委員長が事件を起こしてしまう。新宿まで出たあと、自宅のある下北沢には向かわず、歌舞伎町から大久保あたりを徘徊《はいかい》し、声をかけてきた少女とホテルに入って性行為をしたのだ。少女は脱がないという約束だったのに、無理やり行為を強要されたと主張し、暴力も受けたという。

翌日、少女の通報で土浦は新宿署に任意出頭を求められた。当初、記憶が曖昧だとして容疑を否認していたが、少女が持っていた土浦の名刺を見せられ、体液も採取されたと知らされるに及んで、「記憶にないが、そういうことがあったのかもしれない」と認めて逮捕された。

これまで風俗にも行ったことがないという土浦が、なぜそんな行動に走ったのか。魔が差したとか、まじめな男ほど足を踏み外すなどと口さがなく言う連中もいたが、私は少し前、神経内科教授の林がおもしろおかしく語っていた話を思い出していた。

——神経生理学的に見れば、性欲はフロイトがいうところの無意識の領域に抑圧されている。ジアゼパム系の薬は抑制を取り除くから、場合によっては性欲も解放する。特殊な催淫剤を混入すれば、性器に激しいかゆみを生じさせ、搔《か》くうちに充血して、性欲が抑制の利かない衝動に変化する。今、そんな薬剤を研究してるんだ。使い道は未定だが……。

土浦は会食の終わりごろ、続けてトイレに行ったり、歩き方が不自然だったりした。医師組合の幹部が送っていくと申し出たが、それも頑強に拒否していた。すでに心は性衝動に支配されていたのだろう。土浦委員長に声をかけた少女は、当然、すべてをわかった上で近づいたのだ。

……………

「土浦先生は公平無私で、決して感情的にならず、常に自分のことを最後にする人格者でした。困っている医師には援助を惜しまず、地方の医師の問題には、自ら出向いて解決に当たる熱心な組合委員長でした。僕も心から尊敬していました」

狩野は最大限の賛辞で土浦を持ち上げ、ときには涙声になりながら土浦への信頼を述べた。

「今回のことは、何かのまちがいにちがいありません。土浦先生は警察の捜査に全面的に協力されているし、全医機の役職はすべて辞されていますが、いずれ身の潔白を証明して、我々のもとに帰ってきてくれると固く信じています」

狩野は力強い言葉でスピーチを締めくくった。会場には反狩野派も相当数いるはずなのに、盛大な拍手が湧き起こった。空気が動くと流されるのだろう。

空気の変化には、宮沢の処遇も大きく影響しているはずだった。

土浦の事件の直後、宮沢に収賄の嫌疑がかかり、事情聴取のあと、贈賄側の証言だけでスピード逮捕されたのだ。

容疑は、彼女が関係する病院に納入する医療機器の選定に関するものだった。宮沢は否認していたが、メーカー側からは高級ブランドのバッグや旅行鞄の贈呈、旅行や料亭での過剰な接待の事実が明らかになった。ブランド品の銘柄を指定したメールも明かされ、宮沢は窮地に陥った。

留置場には全医機で宮沢に近い存在だった豊田が面会に行き、その都度、状況が報告された。彼女は今回の逮捕を不当だとして激怒し、全医機の全面的な支援を期待しているらしかった。もちろん、全医機としてもあらゆる手段を講じて、宮沢をバックアップすると伝えたという。しかし、実際には何の動きも見られなかった。

一連の流れを見て、私は恐怖に駆られた。

このところ問題になっていた反狩野の動きは、強引な医師再教育プログラムの適用が主な原因だった。その実行者は宮沢で、彼女はすぐ感情的になるので、おいそれとコントロールができなかった。そこで収賄事件を仕組んで、警察にリークしたのだろう。メーカーによるブランド品の贈呈は最近、急激に増えていた。メーカーから宮沢に好みを聞くメールも送られていたようだ。そのメールを伏せて、宮沢の返信だけを明かせば、あたかも彼女からほしいブランドを指定したかのように見える。それをマスコミにリークし、騒ぎを大きくして逮捕を急がせる。

宮沢には執行猶予はつくだろうが、有罪判決を受けるのはまちがいない。当然、不適格医師の判定が下るだろう。それをうまく免除してやれば、以後、宮沢は執行部には従順にならざるを得ない。刃向かえば不適格医師の判定を下され、ファシリティ送りになるのだから。

狩野らは宮沢に反抗心を抱かせずに排除することに成功した。宮沢の逮捕は、反狩野派にとっては恰好《かっこう》のガス抜きになっただろう。土浦の逮捕と巧妙にバランスが保たれたわけだ。

宮沢が逮捕されたあと、医師の再教育プログラム推進室長のポストには豊田が就いた。金に対する執着は強いが、飄々としたところのある豊田なら印象も悪くない。不適格医師の判定もファシリティ送りもある程度は緩和されるだろう。それによって無党派の医師たちとの関係は宥和《ゆうわ》的になるにちがいない。

すべては好ましい形で推移した。この完璧なシナリオを書いたのはだれなのか。

私は雛壇とブレーングループの席にいる何食わぬ顔を見て、戦慄する思いだった。

35

〈検査の結果を聞いてきました。申し上げにくいのですが……〉

〈かまわない。言ってくれ〉

〈膵臓《すいぞう》がんだそうです。ステージはⅣ。すでに肝臓と腹膜に転移しているので、手術は無理とのことでした。あとは抗がん剤の多剤併用ですが〉

〈治療はいらない。動けるうちにやるべきことをやるよ〉

〈でも、がん性腹膜炎を起こすとかなり強い痛みが〉

〈デュロテップ（医療用麻薬）があるだろ。手配してもらえるかな〉

〈もちろんです。山岡《やまおか》に用意させます。本部の薬剤部にいますから〉

〈彼は医学部の生理研にいたが、応用化学科の実験助手もしていたんだったな。だから火薬の知識もあるんだ〉

〈それで表参道のとき?〉

〈……そうだ〉

＊

北浜のジャズ喫茶KENJIN HALLは、ホームページによると、水曜日から土曜日の午後だけの営業で、電話による問い合わせはお断りとのことだった。音が大きすぎて会話が聞き取れないためと但し書きがある。

土曜日、私は琴美と大阪に行き、午後四時前にビルの地下にある分厚い防音扉を開いた。店内には見たこともないような空間が広がっていた。

四十畳ほどの部屋の奥に、石碑のようなJBLのモノラルスピーカーが安置されている。その真正面に一人掛けのソファが置かれ、後ろの両側に三人掛けのソファが二つ、さらにその後ろにテーブルをはさんで一人掛けのソファが二つ並べられている。メインの客席はそれだけだ。壁際にはわずかなテーブル席もあるが、なんともぜいたくな配置である。しかも、スピーカーの前の一人掛けのソファには、「着席不可」の札が置かれていて笑ってしまった。オーナーが一人で音を浴びるためのソファなのだろう。

照明は飴色《あめいろ》で、壁際にはアンティークの調度が置かれている。オーディオ機材はスピーカーの右手前にセットされ、棚のミニイーゼルに再生中のレコードのジャケットが掲げられる。アンプはプリ、パワー、ラインのいずれも真空管を使用し、プレーヤーは特大のターンテーブルに頑丈なアームがつき、カートリッジもヴィンテージ物のようだ。エディもすごいが、この店の徹底ぶりは、まさに音楽を聴くためだけに作られたような極上の空間だった。

ジャズ好きの私は、店に来た本来の目的を忘れて、店内を落ち着きなく見渡した。

「ねえ、座りましょう」

琴美が両手をメガホンにして耳元で叫んだ。土曜日の午後なのに、ほかに客はいない。三人掛けのソファに座ると、オーナーらしい初老の男性がゆっくりと近づいてきた。メニューは飲み物と簡単なつまみ程度しかなく、エディと同じく、キャッシュ・オン・デリバリーだ。

私はコーヒーを注文してから、口元に手を当ててオーナーに言った。

「クリフォード・ブラウンの『Study In Brown』ですね。鮮烈な臨場感がありますね」

オーナーはわずかに頬を緩め、同じく口元に手を当てて返した。

「絶頂期の名演です。完全オリジナルで、A面ＹＭＧスタンパーでのモノラルプレス盤ですよ」

「いい音です。やっぱりヴィンテージ・オーディオはちがいますね」

オーナーは、こいつ、少しはわかってるなというような顔で引き上げていった。

コーヒーを運んできたときにも、言葉こそ交わさなかったが、共通の趣味を持つ者同士の淡い親近感があった。

琴美がそわそわしだしたので、私は彼女の耳元に顔を寄せて言った。

「慌てるなよ。今、下拵《したごしら》えしてるんだから」

次にかかったのは、ケニー・ドーハムの『ROUND ABOUT MIDNIGHT AT THE CAFE BOHEMIA』。ブルーノートのオリジナル盤で、モノラルスピーカーの大音量のせいか、この部屋が非現実の空気に染められたような錯覚に陥る。

二枚を聴き終えて約四十分。コーヒーも飲み干したので、琴美と私は席を立った。次にかかったのは、比較的静かなヘレン・メリルの『dream of you』。私はカウンターの横に立ち、レコードを替えてもどってきたオーナーに言った。

「すみません。以前、この店によく来ていた塙という友人をさがしてるんですが、最近は来てませんか」

「だれだって」

「塙です。医師なんですが、三年ほど前まで奄美大島の病院にいて、大阪に来るたびにおじゃましていたようなんです。彼もジャズファンで」

当て推量を交えて訊ねたが、オーナーは心当たりがなさそうだった。そこであきらめず、もうひと押ししてみた。

「私と同い年で、ちょっと神経質そうだけどけっこうイケメンです。ここを連絡場所にしていたみたいで、友人とよく会っていたと思いますが」

「こんなうるさい店を連絡場所に使ったりするかね」

「いや、他人に聞かれたくない話をするには、ちょうどいいでしょう」

オーナーはにやりと笑い、何か思い出したようだった。

「土曜日の午後によく来ていた客かな。しばらく来てないな。彼とよくいっしょに来ていた若いほうはときどき来るけど」

「名前とか連絡先はわかりますか」

「わからんよ。こちらから聞いたりせんからな。けどまた来たら、あんたに連絡するように伝えようか」

私はスマホの番号を記した名刺を取り出して、オーナーに渡した。

「ほう。医事評論家ね。そちらは？」

琴美もバッグから名刺を出して渡した。

「ノンフィクションライターさんか。東京からわざわざね。あんたたちはどういう理由でその塙とかいう人をさがしてるんだい」

「しばらく前から行方がわからなくなって。私は彼の大学の同級生で、ジャズを教えてくれたのも彼なので、気になって」

適当に答えたものの、オーナーがなぜそんなことを聞くのかがわからなかった。琴美も同じだったらしく、店を出てから私に言った。

「オーナーは塙氏のことを覚えているようね。塙氏が会っていた人物にもきっと連絡がつくのよ。それでわたしたちがさがしている理由を聞いたんじゃない」

どうだろう。考えすぎなようにも思ったが、あとは先方からの連絡を待つしかなかった。

地下鉄北浜駅の近くにあるシティホテルにチェックインしたあと、琴美と周辺をぶらついた。彼女は大阪に詳しく、有形文化財に指定されたレトロビルや、五代友厚《ごだいともあつ》の銅像が建つ大阪取引所などに案内してくれた。

夜、ホテルの近くのイタリアンの店で食事をしていると、スマホに着信があった。

「浜川先生ですか。江口《えぐち》と申します。今日、たまたまKENJIN HALLに行ったら、塙先生のことをさがしておられるとオーナーに言われまして」

そんな偶然があるだろうか。しかし、連絡がついたのに越したことはない。

「私は塙の大学の同級生なんです。江口さんは彼をご存じなのですか」

「ええ。申し遅れましたが、浜川先生のことも存じ上げています。私も創陵大学の医学部を卒業してますから。医学科ではなく、保健学科ですが。先生たちの二年後輩にあたります」

「それは失礼。でも、江口さんはどうして塙と KENJIN HALL で会っていたんですか」

「塙先生が部長を務めていた現医研に参加していたんです。その関係で、卒業してからもつながりがあって」

現代医療研究部。まちがいない。塙が奄美大島から連絡を取っていた相手はこの江口だ。私は素知らぬふりで聞いた。

「たしか、現代医療研究部は我々が大学を卒業したあと、数年で解散したと聞いてますが」

「だから、同窓会みたいなもんです。旧交を温めるというか」

おかしい。そんな理由で KENJIN HALL のようなところで何度も会うだろうか。

「江口さん。KENJIN HALL にいらっしゃったのなら、お近くですよね。もしよかったら、今からお目にかかれませんか」

「私はもう家に帰ってるんです。明日のお昼ならごいっしょできますが」

「ぜひお願いします。どこに行けばいいですか」

江口は待ち合わせ場所として、心斎橋《しんさいばし》のアメリカ村にある御津《みつ》公園、通称「三角公園」を指定した。時間は午前十一時半。

電話を切ってからあらましを説明すると、琴美は「大阪まで来た甲斐《かい》があったわね」と微笑《ほほえ》み、グラスの赤ワインを飲み干した。

36

翌朝、十時半にホテルをチェックアウトして、淀屋橋《よどやばし》まで歩いて地下鉄に乗り、御堂《みどう》筋《すじ》線の心斎橋駅に降り立った。アメリカ村は若者文化の街で、もともとはサーファー相手に、アメリカ西海岸から輸入された衣服を売る店が集まったことからそう呼ばれるようになったという。目を惹くのは白いビルに描かれたモダンアート風の鳥人の壁画や、ジブリのアニメに出てきそうな巨人をかたどった街灯だ。街灯は球形の電灯が頭で、ひょろ長い身体を前に屈め、拝むように両手を前に出している。

「三角公園」は道が斜めに交わった三角のスペースにある公園で、タイルを敷き詰めた広場を数本のケヤキの大樹が取り巻いている。若者がたむろして、ビジュアル系からヒッピー風、スキンヘッドやゴスロリも見かける。外国人も多く、ホームレスらしき者も混じっているようだ。

約束の時間になったので、広場の中央に移動してあたりを見まわした。こちらの服装は伝えてあり、江口は白いハンチングをかぶっていくと言っていたが、それらしい人物は見当たらなかった。

「場所はまちがってないよね。電話で確認してみようか」

琴美に言って、もう一度、周囲を見渡した。そのとき、信号を隔てた古着屋の店先からこちらをうかがう視線を感じた。米軍払い下げのようなボロボロのジャンパーに汚れた作業ズボン、ニット帽をかぶっている。ホームレスの中でも最底の暮らしをしているような風体だ。関わりを持たないほうがいいと思って目を逸らしかけた瞬間、私は総毛立つような衝撃を受けて二度見をした。

すさんだ目、やせこけた頬、尖ったバッタのような顔。

「小村だ」

「えっ」

琴美が信じられないという面持ちで私を振り返る。男はそれに気づくと、素早く身を翻して雑踏の中に消えた。あまりのショックに私はその場から動けなかった。琴美が私と雑踏のほうを交互に見て聞く。

「小村って、あのホームレスだった小村氏？」

「そう」

「おかしいじゃない。どうして大阪にいるの」

「知らないよ。だけど、今のは小村にまちがいないと思う」

「思うってどうなの。たしかなの」

念を押されると答えられない。見たのは一瞬だ。黙っていると、琴美は眉根を寄せ、混乱した声でまくし立てた。

「小村氏が生きているなら、殺されたホームレスは塙氏ということになるじゃない。わたしの推理がまちがっていたっていうこと？　それならどうして貴志子さんはお兄さんの遺体を見ても泣かなかったの」

頭の中に疑問符が乱舞しているような早口で言う。私も辻褄《つじつま》の合わないことに気づいてつけ加える。

「それに小村の母親がひと月前に見た塙は身なりもきちんとして、髪も髭も伸びてなかったというのもおかしい。遺体は路上生活が長い人物だったんだろう」

「待って。それは矛盾と決めつけられないかもしれない」

「どうして」

琴美は脳内コンピュータをフル回転させるように答えた。

「小村氏の母親が会った人物が塙氏だったという保証はないでしょう。別人が塙氏の名を騙《かた》ったら、小村氏の母親には見分けはつかない」

「でも、だれがどんな目的で」

「わからない。正体を知られたくない人が、小村氏の居場所を調べようとしたんじゃない」

ホームレスが殺されるひと月前。小村が私に最初の葉書を寄越す前だ。そのころ、小村が何かをつかんでいたとすれば、葉書に書いていた〝勝ち組医師テロ〟に関わる重大な情報であってもおかしくない。つまり、小村の母親を訪ねた人物こそ一連のテロに関わる者ということになる。それが塙でないとすれば、いったいだれなのか。

「小村氏はやっぱり〝勝ち組医師テロ〟の情報を得ていたようね。もし、小村氏が生きているなら、とにかく会って話を聞かなきゃいけない」

「そうだな」

小村を逃したのは返す返すも残念だったが、彼のほうから姿を現したのだから、また出会うチャンスはあるだろう。広場のほうに向きなおると、まるで私たちの会話が終わるのを見計らったように、白いハンチングが近づいてきた。

37

「遅れて申し訳ありません」

江口は特に急ぐようすも見せずに近づいてきた。白い細身のスラックスに、濃い銀色のベストを着用している。

「浜川先生ですね。はじめまして」

ていねいにハンチングを脱ぎ、名刺を差し出す。肩書きは「大阪医療福祉大学　社会

福祉学科　准教授」となっていた。小柄でやせ形、マスカラを塗ったような濃い目元に、細く尖った鼻の個性的な顔立ちだった。医学部の二年後輩とのことだったが、学生時代の記憶にはない。

「近くにいい店がありますから行きましょう」

挨拶を終えると、江口は背を向けて身軽に歩きはじめた。

案内されたのは香港飲茶《ヤムチャ》の店だった。赤い壁に中国風の提灯《ちょうちん》が飾られている。個室に通され、向き合って座ると、江口は鋭い目で琴美と私を交互に見た。

「塙先生とは学科は別でしたが、現医研で親しくしていただきました。先生は正義感が強く、社会的な意識の高い人でした。ほかの学生が勉強や自分の楽しみに気を取られていたときに、塙先生は日本の医療の行く末を案じていましたから」

「現代医療研究部では、どんなことを」

「医療現場の問題点の研究です。塙先生は当時から医療破綻の兆しを察知していましたし、医療格差の拡大や、医療の勝ち組負け組の発生なども予測していました。今の悲惨な状況が見えていたんです。そういうところも含め、私は塙先生を尊敬していました。それなのに、あんなことになってしまって」

江口は沈痛な面持ちで顔を伏せた。彼は塙が襲われたニュースをそのまま信じているようだった。

料理は江口が注文し、小さなセイロに入った点心が運ばれてきた。箸を伸ばしながら私は言った。

「三年ほど前になるのですが、塙は奄美大島の病院にいたとき、江口さんに連絡を取っていたそうですね。神越会病院の院長の不正を暴いて、病院にいられなくなったと聞いていますが」

「塙先生らしいです。自分の立場も顧みずに告発するなんて」

「そのとき彼は、奄美からまとまった額の金を送ったようなんですが、江口さんはご存じありませんか」

「さあ」

こけた頰に一瞬、冷ややかな影が差す。

「江口さんとの連絡に、KENJIN HALLを使っていたのは何か理由があるのですか」

「どういうことです」

「ただの連絡なら、電話かメールでいいと思うのですが」

「塙先生からの連絡はいつも電話でしたよ。KENJIN HALLで会ったのは、お互いジャズが好きだからですよ」

大音量のジャズが流れる店で、ほかに聞かれたくない連絡をしていたのではと思ったが、見当はずれなのか。江口の鋭い目は私に何かの警告を与えているようにも見えた。

「塙からの連絡はどんなことだったのですか」

「奄美大島の病院にいられなくなりそうだから、就職口を紹介してもらえないかということでした。塙先生が大阪に遊びに来たとき、何度かKENJIN HALLに行って、大学の教員は気楽でいいというような話をしてましたので」

「で、紹介したのですか」

「ポストの空きがなかったので、しばらく待ってもらいました。奄美から東京にもどってらっしゃったので急いだのですが、適当なところがなくて」

貴志子のマンションにいたころのことだろう。

「奄美のややこしい団体が塙を追っていたはずですが」

「それは存じません」

また江口の白い頰に冷たい影がよぎった。私は話題を変えた。

「去年から連続して起こっている〝勝ち組医師テロ〟はご存じですね。あのテロのキーワードになっている『豚ニ死ヲ』というメッセージに何か心当たりはありませんか」

「さあ……」

江口は何を唐突にというような顔をしたが、動揺は見られなかった。

「現代医療研究部の部室で、塙が作っていた檄文に同じ文言があったと思うのですが」

「そうなんですか。思い当たりませんが」

「二十年も前のことですからね。代謝内科の藤木という教授が、不正に研究費を流用した事件があって、処分が甘いことに抗議して、塙がビラを作ったんですよ。そこに『豚に死を』と書いてあったらしいんですが、覚えていませんか」

江口は猛禽類《もうきんるい》を思わせる目で私を見つめていたが、すっと細めてうなずいた。

「そう言えば、そんなことがありましたね。あのビラは私がコピーして、配布の準備をしていたんです。でも、大学当局からストップがかかって中止せざるを得なくなった。浜川先生はビラをご覧になったのですか」

「私の同級生が見たんです。狩野と安達ですが、ご存じないですか」

「狩野先生はよく存じています。全医機の総裁でしょう。すごいですよね。もうひと方は覚えていませんが」

「安達をご存じありませんか。江口さんは医学部の保健学科卒ですよね」

安達は目立つ存在だったから知らないはずはない。狩野と安達がビラを見たとき、江口もその場にいたというのだから顔も見ているはずだ。それともたまたま記憶にないだけか。釈然としなかったが話を進めた。

「ここだけの話ですが、そのメッセージがらみで、塙が〝勝ち組医師テロ〟に関係しているのではないかと疑う者もいて、心配しているのです。江口さんは何かご存じないですか」

「塙先生がテロに関わっているなんてあり得ませんよ。それに第四のテロと言われた芦屋の上園記念ホスピタルの事件が起きたのは、塙先生が亡くなったあとでしょう」

たしかにそうだが、どこか不自然だった。上園記念ホスピタルの事件と、塙が襲われた事件の前後関係を今ここで淀みなく言うのは、もの覚えがよすぎないか。

「新聞には、亀戸で殺されたのは塙だと報じられていましたが、私はちょっと疑問を感じているのです」

「どういうことです」

「事件のあった場所には、別のホームレスが住み着いていたんです。小村という男で、彼も塙や私と同じ同級生なんですが」

「存じています。困った人ですよね」

「小村をご存じなのですか」

江口は苦笑いしながら説明した。

「塙先生が奄美から東京にもどられたあと、しばらくして先生から小村先生の世話を頼まれたんです。塙先生はいわゆる〝負け組医師〟を支援する活動を考えていましたからね。私は小村先生のために部屋を用意して、大阪の診療所に勤務してもらったんですが、患者を怒らせたり、職員とケンカしたりですぐにやめてしまいました」

「〝負け組医師〟を支援する活動というのは?」

「シールド診療所というのをご存じないですか。医療破綻を防ぐ〝盾〟になる診療所です。川崎が第一号で、大阪、甲府と続き、最近、四軒目を豊橋に開きました」

「小村もその診療所にいたんですか」

「塙先生の指示で甲府に行ってもらおうかと考えていた矢先、小村先生は突然いなくなったんです。報告すると、仕方ないなということになって」

「そのあと、小村はホームレスになったわけですね」

それまで黙っていた琴美が口をはさんだ。

「亀戸のホームレス殺しには、小村氏と塙氏の両方が関わっていると思われるんです。事件のあと、二人とも行方がわからなくなっていますから。殺されたのが塙氏なら、犯人は小村氏の可能性が高いのですが、江口さんは何か思い当たりますか」

「塙先生は小村先生の面倒を見ようとしていたんですよ。そんな先生を殺すなんて、ふつうでは考えられませんよ。……だけど、小村先生はふつうの人じゃないですからね。凶暴な一面もあったし」

「何かあったのですか」

「いえ、それは特に」

江口は言葉を濁した。

琴美が改まった調子で言った。

「殺されたホームレスは塙氏ではなく、小村氏の可能性が高かったんです。現場は小村氏以外のホームレスのいない場所ですから」

「でも、警察は被害者は塙先生だと発表したんでしょう」

江口の反問に困惑を浮かべたが、琴美は自分の推理を話して反応を見ようと思ったようだ。彼女は一気に話した。

「実は事件の少し前、小村氏は浜川さんに葉書を送っていました。〝勝ち組医師テロ〟に関する重大な情報を、浜川さんを通じて公表する心づもりでいたようです。それとは別に、『豚ニ死ヲ』のメッセージがらみで塙氏がテロに関わっているかもしれないという情報があったので、わたしは塙氏がテロの情報を持っている小村氏を、口封じのために殺害したのではないかと考えました。遺体を自分であると偽装することで、塙氏は警察の目をごまかせるし、奄美からの追跡にも終止符が打てる。小村氏がどんな情報を持っていて、塙氏がなぜそれに気づいたのかはわかりませんが、この展開がいちばん蓋然性が高いと思われたのです」

耳を傾けていた江口が急に噴き出した。

「本気でそんなことを考えてるんですか。ぜんぜんピースの足りないジグソーパズルみたいじゃないですか」

たしかに根拠に乏しい気はする。しかも、私が小村を見かけた時点でこの推理は成立しなくなっているはずだ。琴美に代わって私が言った。

「実はさっき三角公園で小村を見かけたんです。江口さんは小村が大阪にいるのをご存じないですか」

「前に世話をしたので、また来たのかもしれませんね」

驚きも慌てもせずに答える。

「小村が江口さんに接触して来たら、連絡していただけませんか。彼に話を聞けばいろんなことがわかると思うのです」

「わかりました。私はこのあたりに顔が利くんです。アメリカ村を根城にしている知り合いもいますから」

そのあと、江口は塙を偲《しの》ぶ話を続けた。塙の死を心から悼んでいるようだったが、塙を殺した犯人に対する怒りや憎しみはさほど強くなさそうだった。琴美はシールド診療所のことを知っていて、さすがはノンフィクションライターと江口を感心させた。

「シールド診療所はセレブの医療機関とは正反対で、質素だけれど、患者目線のいい医療を展開しているところですよね」

「今の医療負け組は悲惨ですからね。病気がよくなっていないのに退院させられたり、強毒性の鳥インフルエンザが流行しかけてもワクチンが手に入らなかったり、放置療法と称してがんの治療をしてもらえなかったり」

「シールド診療所は平等な医療を心がけているそうですね。でも、経営はたいへんでしょう。どこかから資金援助があるのですか」

琴美が聞くと、江口は平然と答えた。

「寄付ですよ」

「この不安定な時代に、そんなに寄付が集まるんですか」

琴美は不審そうだったが、返ってきたのは余裕の微笑みだけだった。

食事を終えると、江口は素早く勘定書きを取ってレジに向かった。割り勘でと言うのを断り、カードで支払いをすます。改めて気づいたのだが、江口の身なりはかなり上等そうだった。大学教員の給料だけでそんなぜいたくができるのだろうか。

38

大阪からもどった数日後、全医機本部で安達に声をかけられた。

「ちょっといいかな。土浦や宮沢の件でバタバタして、ゆっくり話すひまがなかったものだから」

切り捨てたとたんに、宮沢を呼び捨てにする安達の豹変《ひょうへん》ぶりに不快を感じたが、顔には出せない。

「豊田先生から聞いたんだが、塙のことを調べに奄美大島まで行ったんだって。差し障りのない範囲で話を聞かせてもらえないかな」

低姿勢なのは、圧力をかけなくてもしゃべると読んでいるからだろう。奄美大島行きのことは折を見て話すつもりだった。隠れてコソコソ動いていると思われると、いつブラックリストに載せられるかわからない。

不適格医師の摘発は宮沢から豊田に代わったあと穏やかになったが、判定が甘くなったわけではなく、調査が水面下にもぐっただけのことだった。

安達といっしょに本部の最上階に上がると、新設されたばかりの事務局長室に通された。事務局長の執務室はこれまで一階だったが、政治家や要人の来訪が増えたことを理由に、安達が総裁室と同じ最上階に移設させたのだ。

「ゆっくりくつろいでくれ」

豪華なソファを勧めながら、安達は一人掛けのソファに深々ともたれた。私は奄美大島へ行った経緯を、琴美の推理も含めて説明した。塙が病院長の不正を暴いたことや、現地の反社会集団と関わっていたことを話すと、安達はさも軽蔑するように嗤った。

「正義の味方ぶって、ヤクザの口止め料を持ち逃げするなんて、やることが最低だな。それで奄美にいられなくなって、逃げ出したというわけか」

塙にも何らかの事情はあったと思うが、よけいなことは言わなかった。安達は今や事務局長として権勢を誇り、全医機本部でも恐れられる存在になりつつあったからだ。重要な決定には必ず関与し、幹部会でも司会兼議長のような振る舞いで議事を意のままに進めているという。

塙が東京へもどったあと就職しなかったことを言うと、安達はその窮状を楽しむように言った。

「ヤクザに追われたのなら、ホームレスにでもなって身を隠さなきゃいられなかっただろうな。で、大阪での調査はどうだった」

そう聞かれて、私はえっと思った。大阪行きはだれにも話していないはずだ。なぜ知っているのか。

「大阪へ行ったこと、だれかに聞いたのか」

「豊田からだ」

平然と答える。豊田も知らないはずなのにと思ったが、安達がせっつくように聞くので、大阪での最大の驚きだったことを伝えた。

「アメリカ村でボロボロの服を着た小村を見たんだ」

その意味を安達は即座に理解したようだ。興奮の面持ちでまくしたてる。

「前に浜川先生は言ってたよな。亀戸のホームレス襲撃で殺されたのは、小村か塙のどちらかだって。一方が生きていたら、死んだのはもう一方だ。つまり、これで塙の死亡は確定したわけだ」

「いや、僕が小村を見たのは一瞬で、この前、林や宮沢が見た塙の幽霊と五十歩百歩かもしれない」

「たしかめる方法はないのか」

「大阪で会った江口という医学部の後輩の男にさがしてもらうように頼んでる。保健学科卒らしいが、安達は知らないか」

安達の顔に不快の影が差す。江口の容貌を説明したが、心当たりがないと答えた。

「江口は現医研のメンバーで、解散したあとも塙と行き来があったそうだ。三年ほど前には塙に頼まれて、小村の面倒を見たこともあるらしい。そう言えば、君が狩野と現医研の部室に行ったとき、『豚に死を』と書いたビラのコピーをしていたのも江口らしいぞ。だから、その場では会ってるはずだ」

「覚えてない。そんなことより、塙の死が確定的になったのは朗報だ。さっそく総裁に知らせに行こう。彼はまだ塙の影に怯えているんだ。俺がいくら言っても聞かないから、浜川先生もいっしょに来てくれ」

言い終わるか終わらぬかのうちに立ち上がり、私を追い立てるように廊下に出た。前室の秘書に狩野の在室を確認して、安達は扉をノックした。

「入るぞ。総裁、朗報だ。浜川先生が塙死亡の動かぬ証拠を押さえてくれた」

安達は狩野に近づき、執務机の前に置いた椅子に座った。私にも空いた椅子を勧める。安達がさっきの話を伝えると、何かに怯えたような狩野の目が徐々に安定し、眉間が緩んだ。

「浜川先生が大阪で見たというのは、ほんとうに小村君にまちがいないのか」

「一瞬だったが、たぶんまちがいないと思う」

「しかし、どうして小村君は塙君を殺す必要があったんだ」

狩野がふたたび眉根を寄せると、安達が焦れったそうに言った。

「塙が小村の口を封じようとして、逆に返り討ちに遭ったのさ」

「それで小村君は大阪へ逃げたというわけか。でも、どうして大阪なんだ」

これには私が答えた。

「大阪には現医研の元メンバーの江口という後輩がいて、塙に頼まれて前に小村の世話をしたことがあるらしい。あわよくばまた面倒を見てもらおうと思って行ったんじゃないか」

「しかし、小村君はどうやって塙君の秘密を知ったんだろう」

まだ不安が拭いきれないような狩野に、私は言った。

「それはわからないが、小村はたしかに何かつかんでいたはずだ。前は詳しく言わなかったが、僕がもらった葉書に、『〝勝ち組医師テロ〟の処方に関わる重大な情報』と書いてあったから」

「テロの処方？　なんだそれは」

安達が不審そうに声をひそめた。狩野も腑に落ちない顔をしている。私は狩野に向けて言った。

「何も知らないならそんな言葉は書かないだろう」

「そうかもな。で、小村君は見つかりそうなのか」

「たぶん大丈夫だ。江口にさがしてもらってるから。彼はあの界隈に顔が利くらしい」

狩野の脳裏にまとわりついた疑念も、我々の説明で徐々に緩んだようだった。ダメを押すように安達が言った。

「だから、塙の死は確実なんだ。あれからテロも起こっていないし、脅迫状も来ないだろう。塙はもうこの世にいない。あとは後顧の憂いなく、ネオ医療構想の実現に向けて邁進《まいしん》するだけだ」

「そうだな」

狩野が憂鬱な表情を解き、顔を上げた。安達が勢い込んで続ける。

「医療破綻は待ったなしだ。ネオ医療構想が動き出せば、日本の医療は確実に変わる。医師免許の更新制度、全医機による病院の一元管理、不適格医師の再教育、どれもすばらしい革新運動だ。いよいよ医療革命がはじまるぞ。俺たちがこれからの日本の医療を動かすんだ」

安達の顔に陶酔と狂信的な喜びが浮かび上がった。塙の死に有頂天になりながら、一方でネオ医療構想の実現に、総裁である狩野よりも熱意をたぎらせている。

私はその興奮ぶりを訝《いぶか》りながら、今ひとつの気がかりに思いを馳《は》せた。豊田はどこから私の大阪行きを知ったのか。

39

〈どうしてもやるんですか〉

〈前から決めていたことだ。これしか方法はない。それにもう時間がない〉

〈しかし……〉

〈いいんだ。それより頼んだものは用意できたか〉

〈……はい。山岡は、罪滅ぼしにと言ってます〉

〈よし。それでいい〉

＊

一週間後、自宅の書斎で原稿を書いていると、スマホに着信があった。大阪の江口からだ。

「昨日の未明、小村先生の遺体が西心斎橋で見つかりました。自殺のようです」

唐突な報せに、心臓の鼓動がのど元に突き上げた。

「どうして小村が」

スマホに怒鳴ったが、江口は動じるようすもなく、事実だけを淡々と話した。

「遺体が見つかったのは、道頓堀川《どうとんぼりがわ》に近い居酒屋とカフェバーの入った雑居ビルの間です。五十センチほどの隙間に入り込み、設備配管の留め金に紐《ひも》を掛けて縊《い》死していたそうです。遺体からかなりの量のアルコールが検出され、目立った外傷などもないことから、警察は自殺だと見ています」

「身元はどうやってわかったんです」

「更新期間をすぎた免許証を持っていたんです。東京の実家に連絡が行って、ご両親が確認したそうです」

「江口さんはそれをどうやって知ったんです」

「アメリカ村界隈にいる知人のグループが教えてくれました。小村先生の居場所をさがしてほしいと頼んでましたから。警察に顔の利く者もいますし」

「遺書はあったんですか」

「いいえ。所持品は小銭とタオルとカッターナイフだけだったそうです」

江口はまるで私の質問をあらかじめ予想していたかのように、手際よく答えた。

「しかし、小村が自殺するなんて信じられない。偶然にしてはタイミングがよすぎませんか」

「どうしてです」

「だって、小村は〝勝ち組医師テロ〟に関わる重大な情報を持っていたかもしれないんですよ。こちらがそれを聞こうとした矢先に死ぬなんて」

江口は答えない。ふいに背筋にナイフを押し当てられたような恐怖を感じた。もし、小村が自殺ではなく、殺されたとすれば、情報を得ようとしていた私も危ないということではないのか。しかし、このまま黙過するわけにはいかない。

「小村の遺体からアルコールが検出されたと言ってましたが、濃度はどれくらいだったかお聞きですか」

「たしか、〇・三一パーセントと言ってました。泥酔のレベルだったそうです」

「それで遺書も書かずに、酔った勢いで首を吊ったというわけですか。しかし、そんな泥酔状態で首を吊れるものでしょうか。高いところに紐を掛けるだけでもたいへんでしょう」

「発見されたときは膝を折り、中腰でしゃがむような恰好だったようです。いわゆる非定型縊死です」

「司法解剖はされたのでしょうか」

「それで自殺と判断されたと聞いています」

「わかりました。私は明日の朝いちばんで大阪に行きます。時間があれば、付き合っていただきたいんですが」

「いいですよ」

江口はあっさりと引き受けた。私は新大阪に着いたら連絡すると言って、通話を終えた。

小村の訃報は青天の霹靂《へきれき》だったが、いくらかは予感されたことでもあった。彼が持つ情報が〝勝ち組医師テロ〟の本質に迫るものであれば、首謀者はそのまま放置しないだろうと思っていたからだ。

琴美に連絡すると、彼女も小村の死にショックを受けていたが、端《はな》から自殺はあり得ないと思っているようだった。

「小村氏はもともとヒロさんに情報を伝えようとしていたのでしょう。それが連絡がつきそうになったら、急に自殺するなんておかしすぎる」

「だけど三角公園で僕を見たとき、小村は逃げたんだぜ。情報を伝えたいのなら、近寄ってくればいいじゃないか」

これには琴美も答えられないようだった。

翌日、午前七時東京発の「のぞみ」で、琴美といっしょに新大阪に向かった。江口に連絡を入れて、地下鉄御堂筋線の心斎橋に着いたのが午前十時過ぎ。前と同じ三角公園に行くと、今度は江口が先に待っていた。

「まず、小村先生の遺体が発見された場所にご案内します」

江口は煤《すす》けた空気の漂う午前の歓楽街を南に向かって歩き出した。カラオケ店やカプセルホテルの並ぶ通りを過ぎ、突き当たりの手前を右に折れた。両側にはシャッターの下りた飲食店やビールケースを山積みにした居酒屋が並んでいる。

「ここです。道から一メートルほど入ったところで、壁にはさまるようにしゃがんでいたそうです。紐はそこのパイプの留め金に掛けて」

電信柱に隠れるような隙間で、午前中でも薄暗い場所だった。だれが供えたのか小さな花束が置かれている。足元に鉄屑《てつくず》や瓦礫《がれき》が散乱し、死に場所としてはいかにもみすぼらしい場所だ。

琴美と私は無言で手を合わせた。

「見つけたのは通行人で、すぐに警察が来て、遺体を収容したそうです」

「所轄はどちらの警察?」

「南警察署です。近いですから歩いて行きますか」

江口は警察に知り合いがいるらしく、スマホで電話をかけ、今から訪ねる旨を伝えた。

大阪府警南警察署は、御堂筋をはさんで三角公園とほぼ対称の位置にあった。受付で江口が用件を告げると、奥の応接スペースで待つように言われた。ビニール張りのソファに座っていると、中年の刑事が階段から下りてきた。

「お忙しいところをどうも」

江口が恐縮して頭を下げる。刑事は片手でそれを制し、両脚を開いて我々の前に座った。

「西心斎橋で見つかった遺体の男性に何か疑問でも？」

訊ねる刑事に名刺を差し出して、小村との関係を話した。ついでに持参した小村からの葉書も見せる。

「小村君はいわゆる〝勝ち組医師テロ〟に関わる重大な情報を持っていた可能性が高いんです。それでずっと彼の行方をさがしていたんですが、先日、ようやく姿を確認して、江口さんに連絡を取るようお願いしていたんです。その矢先にこんな形で自殺するなんて、あまりに不自然という気がするのですが」

「事件性があるとおっしゃるんですか。しかし、暴行を受けた跡はないし、かなり酔っていたようですから、世をはかなんで発作的に自殺することもあり得るんじゃないですか」

「アルコールを無理やり飲まされた可能性はありませんか。小村はホームレス同然だったので、所持金もなかったはずです。つまり、自分では大量の酒は買えない。それに遺書もないのでしょう」

「ホームレスだから所持金がないとはかぎりません。それに遺書のない自殺もごまんとありますからね。男性が無理やり酒を飲まされているところか、だれかに首を吊らされているところを目撃した人がいれば別ですが、テロの情報を持っていたかもしれないというだけでは、事件と見るのはむずかしいでしょうね」

「使われていた紐や結び方におかしな点はなかったですか」

「紐はどこかで拾ったらしい梱包用のビニール紐でした。結び目は執拗《しつよう》な固結びで、酔っ払いが発作的に死を決意して、首を通す輪を作ったと見て矛盾はありません」

横から琴美が口をはさんだ。

「遺体はこちらにあるのですか。もし可能なら、見せていただけないでしょうか」

刑事はあきれたように琴美を見て首を振った。まず最初に非常識な要求をするのは琴美の作戦だ。

「ご遺体はご両親が確認したあと、荼毘に付しました。ご遺骨はご両親が持って帰られました」

琴美のあからさまなため息が聞こえた。使えないヤツと言わんばかりの落胆だ。刑事はそんな態度を取られるのは不本意とばかりに、「写真ならあります」と席を立った。

しばらくして、ファイルを持ってきて、「お見せできるのはこれだけです。身元確認という名目ですから他言は無用に」と、二枚の写真を抜き取った。

検視台に載せられ、衣服を脱がされた遺体の全体と、顔のアップだった。琴美も私も身を乗り出したが、すぐもとにもどった。

写っていたのは、伸び放題の髪と髭に覆われ、鬱血してもなおバッタに似た貧相な顔だった。

40

私は今、ふたたび奄美大島に向かう飛行機の中に座っている。となりにいるのは、琴美ではなく安達だ。

南道社中の綱島が、安達に会いたがっていると伝えたのは、ちょうど一週間前だった。

「奄美の田舎ヤクザが全医機の事務局長に何の用なんだ」

安達ははじめそんな高飛車な対応だったが、先方から届いたメールを転送すると、互いにメールを交換して、急に乗り気になったようだ。推測だが、南道社中が奄美神越会病院の院長と組んでやっていたヤミ商売を、全国規模で展開して、互いに甘い汁を吸おうという話になったのではないか。最初の会談は現地でということになり、安達は忙しい身体のはずなのに、奄美大島行きを承諾した。

私は顔つなぎ役として同行することになったが、不安は大きかった。いったいどんな展開になるのか。

飛行機が水平飛行に入ると、彼はつぶやくように言った。

「二人で出張なんて珍しいな」

いやに感傷的な調子だ。目線を手元に落として続ける。

「浜川先生には感謝してるんだ。例の脅迫状の件からはじまって、塙の死に関する調査まで、ほんとうによく貢献してくれた」

本心なのか、巧言なのか。私は警戒心を隠してうなずいた。

安達がかすかな自嘲をにじませて言う。

「今だから言うが、医師になれなかった僕と、対等に付き合ってくれたのは、浜川先生だけだよ」

どうしたのか。安達が医師でないことを自ら言い出すことなんて、今までになかったことだ。どう応じていいかわからず、私は通り一遍の答えを返した。

「そんなことはないさ。教養課程での絆は、進路が分かれても変わらなかっただろう」

「いや、こっちはひとり谷底に突き落とされた気分だったよ」

安達の声には、拭い難い恨めしさがこもっていた。

創陵大学の医学部には、医学科と保健学科の二コースがあり、入試の時点で分かれているが、教養課程から専門課程に上がるときに若干の入れ替えがある。医学科の下位五パーセントと、保健学科の上位五パーセントが同じ試験を受け、上位半数が医学科に進学するというシステムだ。教養課程でまじめに勉強しない学生を戒めるのと、保健学科の優秀な学生を引き上げるための方策だ。安達はその試験に引っかかり、まさかの入れ替え組に入った。保健学科生を甘く見て、十分な準備をしなかったせいだ。

安達は落ち込み、酒浸りの日が続いた。いったん退学して、もう一度医学部に入りなおすこともできたが、それでは二年のロスになるし、次も医学科に進めるとはかぎらない。彼にはつらい日々だったろうが、一念発起し、保健学科を首席で卒業して、大学院に進んだ。博士号を取得し、福祉系の大学でステップアップを繰り返して、七年ほど前に首都保健大学の特任教授に就任したのだった。

安達が我々を「先生」と呼ぶのは、おそらく医師の資格がないことを卑下してのことだろう。医学科に進めなかった安達に対して、私は軽蔑したり差別したりする気持はなかった。むしろ、屈辱をバネにして大学の教授にまでなったことに敬意を表していた。ほかの同級生も同じだと思っていたが、安達にはそうは思えなかったようだ。

「ブレーングループにも、僕を軽視している連中がいる」

「だれだよ」

「林と城之内だ」

林は若くして母校の医学部教授になったエリートだから、同じ教授でも安達とは格がちがう。だから、安達を一人前の教授だと認めていないそぶりはあった。厚労省のキャリア官僚である城之内も、政界進出の準備で安達の世話になりながら、官僚らしい潔癖さで、安達を「同級生」ではなく、「元同級生」と呼んでいた。私にはどうでもいいことのように思えたが、敏感な安達には無視できなかったのだろう。

「それに、狩野総裁だって……」

意外な名前が出て、思わず安達の横顔を見た。彼はずっと狩野を支え、親しくしてきたのではなかったのか。常に狩野を立て、ときには鼓舞し、自らは黒子《くろこ》に徹してきたはずだ。

「もちろん彼は悪い人間じゃない。しかし、お坊ちゃん特有の鈍感さというか、無神経さみたいなものがあるからな。人の気持がわからないんだ。こっちはいろいろ考えて、あれこれ配慮して動いてるのに、その苦労をいっさい無駄にするようなことを平気でやったりするからな」

「たとえば？」

「前にナレッジフロント東京で講演会があっただろ。あのとき、日程が僕の出張と重なってたから出張を延期するように画策してたんだ。反狩野派が動いているのがわかってたからな。なのに、総裁が勝手に話を進めて、出張を動かせないようにしてしまった。案の定、講演会は反狩野派に引っかきまわされただろう」

あの講演会に安達がいなかったのは、そういういきさつだったのか。たしかにあのときの狩野は無防備な感じだった。

「ほかにもな、似たようなことがいろいろあるんだよ」

安達は暗い顔で目を逸らした。彼は全医機の事務方のトップになって、大きな権力を手にしたように見えるが、言うに言われぬ苦労や悲哀があるのかもしれない。しかし、なぜそれを私に洩らすのか。

「だが、総裁にはカリスマ性がある。それは浜川先生も認めるだろう。天性の愛嬌と率直さで、会った人間をたちまち虜《とりこ》にしてしまう。それを活かさない手はない」

「たしかに」

同意しながら、真意がつかめない。安達は自分に言い聞かすように声を低めた。

「彼に近づいた理由はそこだ。彼をメディアに出して偶像に仕立て上げ、世間の空気を動かせば、大きな改革が実現できる。僕が医師になれなかったのは人生最大の屈辱だが、医療に対する志はある。医師でなくても医療をよくすることはできる。いや、むしろ医師でないほうが、現実がよく見えて問題を把握できるんだ。浜川先生も医療の現場を離れてわかったことが多いだろう」

安達は医師として働いていない私に、ほかの連中とはちがう親近感を抱いたのかもしれない。私は調子を合わせるように言った。

「現場の医師は、自分たちのやってることをまず否定しないからな」

「医療が抱える矛盾、不合理、いい加減さ。たとえば、抗がん剤ではほとんどのがんは治らないのに、その事実を明かさないとか、正常値を厳しく設定するのは、患者を増やしたい医療側の思惑が含まれているとか、問題点はいくらでもあるのに、医師はだれもそれを口にしない。公表すれば自分たちの首を絞めることになるからな。患者は患者でメディアのきれい事を真に受けて、医療は進歩したとか、安全で当たり前とか思っている。それで病気が治らなかったり、期待通りの結果が得られないと、やれ医療ミスだ、病院ぐるみの隠蔽だと騒いで、医療不信を募らせる。僕はこんなバカバカしい状況をなんとか改善したいんだ」

「医療に対する世間の期待が高すぎるよな。それは僕も問題だと思う」

「かつての日本は、国民皆保険制度で世界に誇る医療を実現してきた。ところが、今はその皆保険制度のおかげで、医療が瀕死《ひんし》の状態になりつつある。フリーアクセス（保険証があればどこの医療機関も受診できること）で、軽症の患者が大学病院や国立医療センターに押し寄せ、出来高払いで無駄な医療が垂れ流しの状態だ。国民の医療費は年々増加し、財政を圧迫して、臨床研修制度のせいで医局制度が崩壊し、地域医療が壊滅の危機に瀕している。ほかにも、医師の自由を野放しにしているために、医師の偏在、病院の乱立、患者の奪い合いが起こっている。だから、今こそ医療の根本的な制度改革が必要なんだ」

「ラジカル・リセットだな、狩野がいつも言ってる」

うなずくと思いきや、安達は自嘲と自負の混じった複雑な表情を見せた。そして、若干の戸惑いを見せながら打ち明けた。

「ここだけの話にしてほしいんだが、あれはすべて僕が考えたことなんだ。ネオ医療構想も、医道八策も、みんな僕のアイデアだ。総裁は単なるプレゼンターだよ」

そうなのか、と私は驚きの言葉を飲み込んだ。しかし、思い当たる節もある。狩野は弁は立つが、制度的なことや組織の運営などは得意ではなかったはずだ。裏で安達がアイデアを出し、官僚的に支えていたからこそ、これだけの動きができたのだろう。納得しつつも、同時にそんな話を聞いていいのかという心許《こころもと》なさに襲われた。安達は自分を抑えきれないように、性急に続けた。

「考えてもみてくれ。今の医師のいったいどれだけが、医療の未来を真剣に考えている？　大半は自分のことにかまけて、全体を見渡す視野など持っちゃいない。全医機に集う医師だって、保身と目の前の利益を求めることしかしない連中ばかりだ。だいたい日本の医師はレベルが低すぎる。強欲、わがまま、不勉強、自分勝手、患者への配慮不足。そんな低劣な連中が、たった一度、国家試験に受かっただけで、死ぬまで医師であっていいのか。不適格者は当然、淘汰されるべきだし、彼らが得ている報酬は、真に優秀な少数の医師に分配されるべきなんだ」

「それが医師免許の更新制と、医師再教育プログラムだな」

「医師はもっと厳選されるべきだ。それが日本の医療の質を高め、真に合理的で無駄のない医療を実現する道だ」

安達の主張は一見、正当のように見えた。しかし、根底には大学の進級で淘汰され、医師になれなかった私怨が渦巻いてもいるようだった。さらには、創陵大学よりレベルの低い大学を出ながら、安易に医師になった者への妬みもあっただろう。とはいえ、理想の医療を実現したいという安達の思いは、あながち否定できないのではないか。

「僕は狩野総裁という偶像を作り上げ、全医機で日本の医療を根本から改革しようと思っている。馬鹿な医師どもに任せていたら、医療は荒廃するばかりだ。見識のある者が、強大な力でコントロールしなければならない。この仕事は僕のように医師でない人間が適任だ。利害得失がないから大鉈《おおなた》を振るえるし、患者目線でも考えられるからな。そうやって医師の横暴や怠慢を糺し、だれもが最良の医療を受けられるようにしたいんだ」

安達は多弁だった。裏方に徹することに倦《う》んで、だれかに心情を吐露したかったのかもしれない。私はその熱い口調を複雑な思いで聞いた。この期に及んで、彼を排除することが正しいのかどうか、自信が持てなくなりかけたからだ。

しかし、と私は思う。安達の主張には拭いがたいルサンチマンが潜んでいる。理想の医療状況を求めてはいるが、それはだれが達成してもいいわけではない。あくまで自分の手で実現することが重要なのだ。別のだれかがやりかけたら、彼はきっと妨害するだろう。それでは理想を求めているとは言えない。

だから、迷わず予定の行動を取ろう。

塙が私に頼んだ通りに。

41

空港に着いたあと、私はレンタカーで安達といっしょに名瀬の奄美サザンホテルに向かった。チェックインしたのは午後四時前。会談の予定は午後八時だったので、ひとまず互いの部屋で休むことにした。

リゾートホテル風に籐椅子《とういす》や亜熱帯らしい観葉植物を配した部屋で、私は二週間ほど前の思いもかけない邂逅《かいこう》を思い出した。


…………

日曜日。久しぶりのエディだった。

奥の席に座り、コーヒーを注文した。客はまばらで、気だるい空気が漂っていた。かかっていたのは定番中の定番、ザ・デイヴ・ブルーベック・カルテットの『TIME OUT』から「TAKE FIVE」。変拍子の心地よい反復と、ポール・デズモンドのアルトサックスが幽体離脱でも誘うようなリラックスと陶酔をもたらしていた。

コーヒーを啜りながら音に浸っていると、気にかかる視線を感じた。横を見ると、少し離れたところで、帽子を目深にかぶった男が斜めにこちらを見ていた。だれかわからない。一度は目線をはずしたが、かすかな予感があってもう一度見た。

男はにやりと笑って、帽子を取った。頬はこけ、顎も鼻も削《そ》いだように尖っていたが、目はむかしのままの切れ長の一重だ。

まさか、幽霊……？

全身が強ばり、パラゴンの音が消えた。

「久しぶりやちゃ」

懐かしい富山弁が聞こえ、私は身体が熱くなった。塙はテーブルを移ってきて、自分で運んだコーヒーを一口啜った。

ピアノとドラムのブラシプレイに身を任せながら、彼は目を細めてつぶやいた。

「パラゴンD４４０００モデルか。大阪の KENJIN HALL といい勝負だな」

「お前、いったいどうして」

驚きと混乱でうまくしゃべれない。ひとつ頭を振って考えを整理した。この前、大阪の南警察署で見た写真は小村にまちがいない。それまで小村が生きていたのだから、亀戸で殺されたホームレスは塙だと思っていた。その塙が横に座っている。こぎれいなスラックスにジャケット姿で、髪もきちんと整え、静かな笑みをたたえて。

「驚くのも無理はないな。この前、アメリカ村で小村を見たんだろう」

「……江口に聞いたのか」

「彼には迷惑をかけた。できるだけのことはしてくれたんだが……」

思わせぶりに視線を落とす。私はつかみかからんばかりに訊ねた。

「亀戸で殺されたホームレスはだれなんだ」

「あれは嶋田《しまだ》という男だ。隅田川の河川敷にいたホームレスのボスだよ。小村を袋叩きにして追い出したヤツらしい」

話が見えない。なぜ隅田川のホームレスが亀戸で殺されたのか。

「小村はああ見えて執念深いんだ。隅田川から追い出されるとき、顔に唾をかけられたのを根に持って復讐《ふくしゆう》を企てていた。僕は〝負け組医師〟の支援活動で、小村をさがしていた。大阪のシールド診療所を飛び出したまま、行方がわからなくなってたからな。城戸水上公園の近くにいるという情報が入ったので、会いに行ったんだ。ちょうど彼が君に葉書を出したころだ」

「一通目の葉書か」

「小村は君から返事が来ないと怒ってたよ。評論家としてライバルになるのを君が警戒しているんだろうと、相変わらず自信だけはすごかったな」

「僕も亀戸のブルーシートのテントを訪ねたんだ。小村は留守だったが、ジャズの文庫本が置いてあった」

「僕が貸してやったんだ。何か読むものはないかと言われたから、手元にあったのをね」

そういうことか。私はふと思いついて訊ねた。

「小村の両親を訪ねたのも君か」

「なんとか救いの手を伸べられないかと思ったんだが、ご両親は小村の居場所を知らなかった。僕が見つけたのは偶然だ。亀戸図書館にいる知り合いが、ホームレスの医者がよく来ると教えてくれた。もしやと思ってブルーシートを訪ねたら小村だった。彼は嶋田を恨んでいて、呼び出して仕返しをしてやると息巻いていた。バールのようなものまで用意していたから、やめておけと忠告したんだ。だが、彼はどうしても痛い目に遭わすと言って聞かない。そこで僕は説得をあきらめ、二人がそろったところでうまく和解させようとしたんだ。小村が嶋田を呼び出す日時を聞き出して、その時間に亀戸へ行った。だが、手遅れだった。嶋田が予定より早く来て、そのことに逆上した小村が相手を撲殺してしまっていた。あいつはほんとうにくだらないことで激怒するヤツだった」

塙は苦い思い出し笑いをした。

「でも、どうして嶋田を君の遺体に見せかけたんだ」

「僕が着いたとき、小村は嶋田の遺体の前で茫然自失《ぼうぜんじしつ》としていた。夜の十時過ぎで、雨が降っていたし、幸いあたりに人影もなかったから、小村を怒鳴りつけて二人で遺体を目立たない場所に運んだんだ。小村はパニック状態で、わけのわからないことをわめいていた。落ち着かせて話を聞くと、小村が嶋田を恨んでいたことは隅田川のホームレスたちが知っているので、嶋田の遺体が発見されたら、真っ先に小村が疑われると言うんだ。小村はこんなヤツのために警察につかまるのはいやだ、刑務所に行きたくないと半狂乱になっていた」

塙はいやなことを思い出すように息を継いだ。こけた頬が病的に蒼《あお》い。

「僕はその場で小村を逃がす算段を考えた。最初に思いついたのは、嶋田の遺体を小村に偽装することだ。しかし、小村は隅田川のホームレスたちに顔を知られているから、バレる危険性が高い。そこで、僕が殺されたことにすればと思いついたんだ。僕は奄美のヤクザに追われていたし、〝勝ち組医師テロ〟の関係で、警察が僕をマークしはじめていたから、このアイデアは僕にとっても都合がよかった」

「どうして警察が？」

「安達が密告したんだ。例の『豚に死を』のメッセージだよ。江口が情報をまわしてくれた。僕にはとばっちりもいいところだ。学生時代のビラのことなど、当の本人さえ忘れていたからな」

「君はテロには関係ないんだな」

「当たり前だろう」

その話しぶりに疚しさはなかった。信じてはいたが、本人の口から聞いたことで私は彼の潔白を確信した。

42

レンタカーでホテルを出たのは、午後七時十五分だった。はじめての場所だし、夜道なので余裕を見て早めに出たのだ。安達は六時過ぎに郷土料理の鶏飯《けいはん》を軽く腹に入れたと言っていたが、私にはとてもそんな余裕はなかった。

ホテルから空港へもどる道を進み、島の東端に近いT字路を空港とは逆の左へ曲がる。民家が途切れ、明かりは思い出したように現れる街灯と、車のヘッドライトだけになった。

安達は助手席で腕組みをしながら言った。

「綱島さんとの会見は、『あやまる岬』でと言ったっけ。へんな名前の場所だな」

「岬の形が綾織《あやお》りの鞠《まり》に似てるところから来ているらしい」

「じゃあ、あやまり岬か。それにしたって妙なネーミングだ」

暗い車内に安達の無頓着な声が響く。

「南道社中のトップは今、服役中だそうだな」

「富沢とかいう人物だろう。胃がんの手術のあと、逮捕されたらしい」

「塙が原因なんだろう。南道社中の連中はそうとう恨んでるようだ。口止め料を持ち逃げされたんだからな。それにしても、ヤツらも脇が甘いよな。ハハッ」

安達は鼻先で笑い、のんきに両手を頭の後ろに組んだ。私の動揺には気づかないようだった。

車はアダンやガジュマルが自生する一帯を抜けて、北へとひた走った。闇を照らすヘッドライトは、無限に獲物を追う猟犬のようにアスファルトを照らす。タイヤの音が犬の喘《あえ》ぎのようだ。

あの夜も、こんな息苦しい状況だったにちがいない。


……………


エディで会った塙に、私は続けて聞いた。

「遺体の偽装はどうやったんだ」

「まず嶋田の衣服を探って、身元のわかりそうなものがないことを確かめた。次に遺体から髪の毛を抜き、小村のブルーシートの中にばらまいた。僕の保険証を汚して段ボールの下に隠し、目立つ場所の指紋を拭き取った。小村の髪の毛や指紋は残ってるだろうが、それは以前、ここに小村がいたということで説明がつくだろう。そして、残しておいた嶋田の髪の毛を持って、僕は翌朝、高岡へ向かった」

「貴志子さんに協力させたのか」

「妹は驚いてたが、事情を話すとわかってくれた。彼女は〝負け組医師〟の支援活動も手伝ってくれていたからな。何より、僕の身がこれでしばらく安泰になるので、警察に呼ばれたら遺体が僕であると証言することを承諾してくれた」

「嶋田の髪の毛を君のブラシから取ったことにして、警察に提出したんだな。鑑定で遺体のＤＮＡと一致するわけだ」

「嶋田が消えたことについては、ホームレスの世界ではよくあることだから、問題にならないと思っていた。小村には使ったバールを処分させて、金を渡して大阪へ行けと言った。江口に頼もうと思ったんだ。前にも世話をしてくれたからな。だけど、江口は前回、小村に困らされたのでいい顔をしなかった。それでも最低限の面倒は見てくれた」

「小村はアメリカ村で僕に近づこうとしたみたいだが」

「君は八代とかいうノンフィクションライターといっしょだったんだろう。小村は彼女を警察の関係者かもしれないと疑ったんだ。疑心暗鬼になって、少しの危険にも過敏になっていたからな」

たしかにあのとき、小村は琴美に気づいたとたん逃げたように見えた。

「君も大阪にいたのか」

「いや、僕は東京を転々としていた。情報が必要だったから、君たち狩野のブレーンループにも接触しようとしたが、うまくいかなかった。まずは林と宮沢に近づいたんだが」

それが幽霊騒ぎの正体か。私は釈然としなかった。

「どうして僕のところに来なかった」

「君は狩野と安達に特別扱いされていただろう。大阪に個別指導を見に行ったりもしてたから、彼らに取り込まれているのかもしれないと思ったんだ。すまない」

塙は素直に頭を下げた。そのとき、ふと疑問に思った。私が日曜日にエディに来ることを、彼はどうやって知ったのか。

「もしかして、ほかに協力者が見つかったのか」

「豊田だよ。彼が内部情報を教えてくれた。君が日曜日ごとにこの店に来ることも」

金にしか興味がないように見えた豊田が、まさか塙に協力していたとは。私の表情を読んだように塙は説明した。

「小村から聞いた話を伝えて説得したのさ。豊田も危険を予感していたから、納得してくれた」

「どんな話を聞いたんだ。小村は〝勝ち組医師テロ〟の重大な情報を持ってるようなことを葉書に書いていたが」

「それだよ。彼はテロの首謀者を知っていたんだ。小村自身、テロリストにオルグされて」

「首謀者にか」

「いや。世田谷で循環器内科医を襲った元検査技師にだ。上野毛でセレブ御用達の医者が殴打されて焼き殺された事件があっただろ。あの犯人は、小村が前に勤務していた病院の検査技師だったんだ。石上とか言ったな」

石上泰男。新宿のルミネ1で会った男だ。まさかあいつがと、私は唇を噛んだ。

「石上は病院でリストラに遭ったあと、街金に手を出してホームレス同然になったところを、テロリストにスカウトされたそうだ。居場所も財産も失い、自暴自棄になっていた彼は、ためらわずその誘いに乗った。捕まる心配なしに〝勝ち組医師〟に復讐できるというのだからな。そんな人間は医療負け組の中にはいくらでもいる。首謀者は標的の選定からテロの手段、逃走経路の準備まで整えて、ヒット・アンド・アウェイのテロを実行させたんだ。現場に贋《にせ》のナンバープレートをつけた盗難車を待機させておいて、実行後に乗せて逃亡するという方法でね。その指示内容を首謀者は〝処方〟と呼んでいたらしい」

そういえば、小村は『〝勝ち組医師テロ〟の処方』と書いていた。

「元検査技師は、小村が意外に凶暴なことを知っていたから、自分なりの判断でアプローチしてきたようだ。しかし、小村はインテリだから、逆に首謀者がだれかを聞き出し、それをネタにメディアにデビューしようと考えたんだ。君の伝手《つて》を頼りにね」

それがあの葉書だったというわけだ。

43

サトウキビ畑の中を進むと、ほどなくあやまる岬を示す標識が現れた。

右にハンドルを切り、ガードレールもない道を行くと、やがて観光公園に続く道に出た。背の高いシュロが道の両側にシルエットになって見える。歴史民俗資料館を通り過ぎると、ぱたりと人家の気配が消えた。もちろん車も通っていない。

ヘッドライトだけを頼りに速度を落として進む。案内板の標識を見て、細い道を左手に上ると、だだっ広い駐車場に出た。真ん中に石垣で囲んだ盛り土があり、大きなソテツが群生している。

「ここだ」

私は盛り土の手前に車を停めて外へ出た。街灯はないが、半ば雲に隠れた上弦の月が、わずかにアスファルトを照らしている。

「妙なところで会うんだな」

「人目につかないところを選んだんだろう」

さりげなく言ったつもりだが、声が上ずった。

「まあ、我々が会うのは人に知られないほうがいいからな。それにしても、そろそろ時間なのにまだ来ていないのか」

安達が苛立った声でスマホの時間を確かめた。液晶が彼の顔を照らす。私は自分の鼓動の高鳴りが、安達に聞こえるのではないかと気が気でなかった。

あのとき、塙から聞いたひとことがよみがえる。

……………

「首謀者がだれか、お前は知ってるのか」

私が聞くと、塙はひとつ息を吐いた。そして静かに答えた。

「安達だよ」

まさかという思いと、やはりという思いが交錯した。しかし、いったい何のために。

塙が続けた。

「安達が連続テロ事件を起こしたのは、まずは世間を混乱させて医療改革を進めやすくするためだろう。だが、根っこは〝勝ち組医師〟に対する嫉妬と憎悪だ。さらには、狩野を操る手立てにもしていたようだ。狩野を持ち上げて、医療改革を目論《もくろ》んでいるように見せて、実際はテロで狩野に恐怖を抱かせて、裏で操ろうとしていたんだ」

「じゃあ、狩野に届いた脅迫状も安達が書いたのか」

「たぶんな」

「もしかして、小村も安達に殺されたのか」

「テロリストとして飼い慣らした連中を使ったようだ。小村に無理やり大量の酒を飲ませ、意識不明になったあと、首に紐をかけて吊るしたんだ。アメリカ村にいる江口の仲間が集めた情報だ」

「どうして警察に報せない」

「江口の知り合いが迷惑するらしい。彼は小村を守れなかったことを深く悔いていた」

江口の強ばった口調がよみがえる。どこか不自然に思えた応対はそういう事情だったのか。

「安達は狩野を傀儡《かいらい》にして、日本の医療を牛耳ろうとしているんだ。医師を自分の前にひざまずかせ、医師になれなかった屈辱を晴らすのが目的だ。彼のような人間がいるかぎり、望ましい医療状況は実現できない」

だから安達を排除すると塙は言った。

「それで、君に頼みたいことがある」

彼の計画はあまりに無謀に思われた。奄美大島にもどることは、塙にも危険ではないのか。塙は心配ないと言った。南道社中の連中は自分が死んだと思っているし、加計呂《かけろ》麻島《まじま》から渡る秘密のルートがあるから大丈夫だと。

そこまで話すと、塙は椅子にもたれて目を閉じた。その横顔はやつれ、ひどく消耗しているように見えた。

44

盛り土のソテツの向こうから足音が聞こえ、ゆっくりと男が現れた。帽子を目深にかぶり、雨も降っていないのにレインコートを羽織っている。

安達は顔を上げ、相手に一歩近づいた。

「南道社中の綱島さんですね。全医機の安達です」

男は返事をしない。安達が不審そうに首を傾げる。頼りなげな月明かりの逆光で、男はシルエットしか見えなかった。

「どうかしました……」

聞きかけた安達が、ふいに身を強ばらせた。男がゆっくりと帽子を取る。安達は相手の顔をうかがい、弾《はじ》かれたように後ずさった。

「お前、まさか……」

「ああ、久しぶりだな」

塙の目に昏《くら》い信念の光が瞬いた。安達が動転しながら私を振り返る。

「どういうことなんだ」

私は目を逸らさずに一語ずつ発音した。

「塙は、君がやったことを、全部知ってるんだ」

「全部って何だ」

「テロの計画と実行も、狩野への脅迫状も、小村を自殺に見せかけて死なせたことも」

「じょ、冗談じゃない。だれがそんな」

驚愕と憤りに声が震えている。塙はポケットに両手を突っ込み、一歩安達に近づいた。

「小村から聞いたんだよ。例の『豚ニ死ヲ』というメッセージを使ったテロの首謀者が、君だということを」

「ふざけるな。なぜ小村がそんなことを知ってる」

「君がスカウトした石上という元検査技師が洩らしたのさ」

「小村の妄言だ。そんな話、だれが信用するか」

小村はすでにこの世にいない。私は不安を感じたが、塙は余裕の笑みで言った。

「じゃあ、医学部の実験助手だった山岡満《みつる》はどうだ」

安達の背中がわずかに震えた。私の知らない名前だ。

「だれなんだ、それ」

安達の肩越しに聞くと、塙は安達から目を離さずに答えた。

「医学部の実験助手だよ。大学の研究部門の統合でリストラに遭って、セレブ向けのラボに雇われたんだが、そこも理不尽な契約解除でクビになって、医療負け組に転落したんだ。以前、応用化学科の実験助手もしていたから、火薬の知識もあった。そこに目をつけた安達が、塩素酸カリウムで爆薬を作らせたんだ。そして表参道倶楽部に爆弾を投げ込ませた、非常階段からの逃走経路も用意して」

去年の十二月にあった第一の〝勝ち組医師テロ〟だ。

塙は安達を見つめたまま言った。

「〝負け組医師〟の支援活動をやっているなかで、江口が山岡に接触したんだ。僕も直接、話を聞いた」

「でたらめ言うな。俺は石上も知らんし、山岡の名前も聞いたことはない。テロにも関係していない。テロの首謀者は、塙、お前だろ」

安達が後ずさりながら指さした。塙は動じず正面から見返して言う。

「山岡は後悔しているんだ。いくら自分が不遇をかこっていたとはいえ、関係のない者を巻き込んだ罪の深さに耐えられなくなったんだよ。今はまだ自首する勇気が出ないようだが、そのうちすべてを明かすだろう。そうなったら、安達、お前は終わりだ」

「そんな医療負け組の妄言など、だれが信じるものか。自首なんかする前に、この世からおさらばしたくなるんじゃないのか」

「また、自殺に見せかけて消すつもりか。お前は善悪の見境がなくなってる」

「うるさい。正義の味方面するな。まったく付き合いきれんぜ。おい、帰ろう」

私に言うと、安達は乱暴に踵《きびす》を返した。塙がその肩をつかんだ。

「これ以上、お前を自由にさせておくわけにはいかない。医療から手を引いて、潔く自首しろ」

安達は激しく肩を振って向き直った。

「手を引けだと？　寝言を言うな。俺が日本の医療のためにどれだけ努力してきたと思ってるんだ。狩野が言ってることも、全部俺が考えたことなんだぞ。俺がいなくなったら狩野は何もできない。日本の医療はおしまいだ。それでもいいのか」

「思い上がるな。お前がやっているのは、医療改革に名を借りた復讐だ。医師になれなかった恨みを晴らそうとしているだけだ。世間に媚びて、医師が困るような制度を作り、多くの医師を破滅させて喜んでいる。逆恨みもいいところだ」

安達は開き直るように胸を反らせ、尊大とも思える物腰で言い放った。

「たしかにお前の言う通りかもしれない。医学科に進級できなかったのは、俺の人生最大の汚点だ。しかしな、俺は今、全医機の事務局長にのし上がり、総裁も自由に操れる立場にあるんだ。いつまでもそんなちっぽけなことにこだわったりするものか。百歩譲って逆恨みだとしても、理想的な医療状況になればいいじゃないか。結果がよければ手段は常に正当化されるぞ」

「浅薄なマキャベリズムを振りまわすな。不正なやり方で作られたものは長続きはしない。遠まわりでも、正当な手段を使うべきだ」

「きれい事を言うな。今の日本にそんな余裕があるのか。医療格差は増大し、がん難民や介護難民があふれ、地域医療は崩壊し、勤務医の大量辞職が相次ぎ、商業主義の介入、少数の医療勝ち組と、大量の医療負け組の発生。そんな医療の荒廃を、座して見ておれるのか。正当な手段とか言っているひまなどない。ことは一刻を争うんだ」

「お前の言っていることは単なるお題目だ。現場で実際に患者を診ている医師の気持がわかっていない。医療は医師が上から行うものじゃないぞ。患者と医師が対等の立場で、互いに協力し合ってはじめて成立するんだ。インフォームドコンセントで、患者に十分な情報を提供するのもそのためだ。お前がやろうとしているのは医療の私物化にほかならない。そこに患者のことを思う気持はあるのか」

「やかましい。お前こそ御託を並べるばかりで、何もしていないじゃないか。亀戸で殺されたホームレスを身代わりにしたくせに、えらそうなことをほざくな。何が正当な手段を使えだ。笑わせるぜ」

「……あれは小村を助けるために、仕方なくやったことだ」

「自分の罪は棚に上げて、人を非難する資格があるのか。俺は狩野といっしょに、医師免許の更新制も進め、再教育プログラムもスタートさせた。地域の医療格差をなくすため、医師の偏在を解消するシステムも作っている。医師が経営から自由になり、医療に専念できるように病院の統一管理体制も構築してる。お前は日本の医療をよくするために何かひとつでも状況を変えたのか。弱者を守るだの、負け組を見捨てないだの、聞こえのいいことばかり言って、現実には何もできないじゃないか」

安達は挑みかかるように言葉を浴びせた。塙はじっと耐えていた。顔色が悪い。ひそめた息が上がりかけている。

「何もしていないわけじゃない。これからも、自分にできることをする」

気迫のこもった声に、一瞬、安達がひるんだ。

塙はポケットから手錠を取り出し、自分の左手に輪をかけた。奇異な行動に安達は失笑した。

「ハハハ。警察ごっこか。気でも狂ったんじゃないか」

「気はたしかだ。しかし、身体が終わりかけている。膵臓がんのステージⅣなんだ。肝臓と腹膜に転移して、腹水も溜《た》まっている」

私は驚きの声を上げた。

「塙、お前、まさか」

「ああ、この前会ったときも体調は悪かったんだ。あのエディという店、もう一回、行きたかったよ」

私に言いながら、一瞬の隙をついて安達の右手にもう片方の輪をかけた。

「何するんだ」

必死に振りほどこうとするが、もちろん手錠ははずれない。塙はスマホを取り出し、あらかじめ設定してあったらしい番号に発信した。

着信音が塙のレインコートのポケットで鳴る。ポケットから着信中のガラケーを取り出す。つながれたコードがポケットに延びていた。

「安達。お前は自分が死なせた人や破滅に追い込んだ人に、償いをしなければならない。山岡はいいものをくれたよ。表参道倶楽部に投げ込んだのと同じ塩素酸カリウムで作った爆薬四百グラムだ。お前ならどれくらいの威力かわかるだろう。ダイナマイト五本分だ。僕がこの着信ボタンを押せば、ポケットの中で起爆する」

そう言って二つ折りのガラケーを開く。

「やめろ。待て、早まるな」

安達がガラケーを奪おうとする。塙が叫んだ。

「浜川、逃げろ。離れるんだ」

足がすくんで動けない。まさか、塙は本気なのか。

「早く！」

塙の怒号に突き飛ばされるように、私は走った。雲を蹴るようで思うように前に進めない。うしろで安達がわめく。

「やめろやめろやめろ。離せ。塙、頼む。俺が悪かっ……」

ガラケーの着信音が消えた。同時に轟音《ごうおん》が響き、安達の声がかき消された。閃光《せんこう》が周囲を照らし、写真のネガとポジが入れ替わったようになった。爆風で私は前につんのめった。頭を抱えてアスファルトの上を転がる。飛び散った何かが落ちてくる。頭部のついた胴体らしき重い塊が二つ、鈍い音を立ててバウンドし、濡れた内臓と肉片が、びちゃびちゃと陰惨な音を響かせてアスファルトに降り注いだ。

肘の間から後ろを見ると、二人の姿はなく、ただ白煙の塊が虚《むな》しく立ち上っているだけだった。

45

マンション三十二階の大窓から、果てしなく広がる街を眺めていた。どんより曇った低い空に、午前のうす黄色い光が反射している。

「あなた、そんなところに立ってないで、テーブルに着いてよ」

カウンターキッチンから、妻の声がかかる。

日曜日の午前はブランチと決まっている。相変わらずレトルトパックのセットメニューだ。牛頬肉の赤ワイン煮とマカロニサラダが、スチロールトレイのまま出される。

「今日は皿に移す手間はかけないのか」

「マンションに窓の清掃が入るのよ。食事はそれまでに終わらせたいでしょ。だから急いだの」

理由になっているのかいないのか。デジャヴのような日常が繰り返される。

…………

一年前のあの日、塙と安達が爆死したあと、私は警察に通報して知っていることをあらいざらい話した。状況から二人の死亡が確認され、私の供述もすべて事実と認定された。

塙の死後、表参道倶楽部爆破事件の実行犯である山岡満は、江口に説得されて警察に自首した。その供述から、安達が組織していたテログループの存在が明らかになり、芋づる式にメンバーが逮捕された。

第二の〝勝ち組医師テロ〟である日本肥満予防学会の会長斬殺事件は、名古屋の病院を解雇された医療事務員が実行犯であることがわかった。世田谷区で起きた第三のテロは、塙が言った通り、病院を解雇されてギャンブルにはまり、借金を重ねた元検査技師、石上泰男の犯行だった。そのほか、実行犯の逃亡を助けた者、凶器を準備した者、小村の殺害に関わった者などが順次、検挙された。

四件目のテロを実行した竹崎看護師の自殺には不審な点があり、遺書も本人が書いたものではない可能性があったが、証拠不十分のまま捜査打ち切りとなった。安達はすべての事件の主犯として、被疑者死亡のまま書類送検された。

私の供述によって、亀戸のホームレス殺害事件も再捜査が行われた。保存されていた血液と毛髪のサンプルから、遺体は隅田川の河川敷で路上生活をしていた嶋田栄一《えいいち》、四十三歳と判明した。嶋田は周辺のホームレスを脅し、酒や食料を貢がせていた鼻つまみ者だったので、だれも不在を問題にしなかったようだ。

安達の死は全医機に大きな衝撃を与えたが、事情が事情なので公式の葬儀は行われず、身内だけの密葬となった。狩野はショックからうつ病になり、総裁職を辞したあと、今も都立病院の精神科に入院している。

全医機は総裁はじめ常任理事がすべて交代し、新体制でスタートした。旧医師組合関係の理事が過半数を占め、路線はほぼ狩野以前の状態にもどった。豊田はどう交渉したのか、退職金代わりの報奨金として、全医機から四千万円を受け取り、執行部から身を引いた。

宮沢は収賄で執行猶予つきの有罪判決を受け、現在は個人病院の病理医として細々と勤務している。林は母校の教授職に専念し、城之内は政界進出をあきらめず、元厚労相で医道の党の共同代表だった舛本憲司の議員秘書となった。

私は琴美《うめ》といっしょに大阪に行き、江口に塙の最期のようすを話した。彼は涙を堪《こら》えながら、呻くように告白した。

「私はすべて知っていました。塙先生は〝勝ち組医師〟がのさばっているかぎり、医療はよくならないと言って、〝負け組医師〟の支援活動をはじめたんです。シールド診療所のネットワークです。私が仲介して、〝負け組医師〟を雇い入れ、良心的な診療を心がけました。救済した〝負け組医師〟の中には、シールド診療所の活動に疑問を持つ人もいましたが、塙先生が熱心に理を説いて協力を求めました」

「良心的な医療と言っても、先立つものが必要でしょう」

「それは前にも言った通り、寄付で賄いました。〝勝ち組医師〟は世間から敵視されがちですが、金持ちの医師の中にも心ある人がいるのです。最初はたいへんでした。第一号の川崎シールド診療所は、途中で地代が滞って、閉鎖の危機に陥りました。そのとき、塙先生が急遽、奄美大島から三百万円を送金してくださって、事なきを得たのです」

塙が南道社中からせしめた口止め料は、そんなふうに使われたのか。

「江口さんは、塙の病気のこともご存じだった？」

「ええ。塙先生は半年ほど前から体調を崩されていたのですが、多忙にまぎれて検査を受けずにいたのです。診断がついたのは、小村先生が嶋田というホームレスを殺した直後でした。診断を伝えたのは私です。そのときはすでに手術できない状態でしたが、塙先生は抗がん剤の治療も拒否して、最後の使命を果たすとおっしゃったんです」

「それが安達の排除だったのですね」

「私も止めようとしたのですが、先生は持ち前の正義感で、決意を固めていらっしゃったので……」

江口が安達のことを知らないと言ったのは、私が関心を持つことで、塙の計画に感づく危険を避けるためらしかった。

安達の死により、ネオ医療構想は頓挫し、医道八策で掲げられた医療改革の案件は、すべてペンディングか立ち消えになった。医師免許の更新制はうやむやになり、医師の再教育プログラムは残されたが、不適格医師の認定が中断されたため、実質的に廃止されたも同然だった。医師はふたたび野放し状態になり、ますます〝勝ち組医師〟と〝負け組医師〟の二極化が顕著になった。患者の医療負け組もじわじわと増え、一方で医療勝ち組はさらにぜいたくな医療に奔走し、意味なく豪華な病院やクリニックで治療を受けるようになった。しかし、医学そのものが進歩したわけではないので、施設は豪華でも治療の内容は以前とほとんど変わらなかった。

一連の事件でマスコミは大騒ぎしたが、私は塙と安達の死に関して沈黙を守った。しつこく取材の申し込みを繰り返すメディアもあったが、大物歌手の離婚や、高齢者施設での大量殺人、オリンピック水泳選手の溺死や、ゆるキャラサンバの大流行などが相次ぎ、塙と安達の爆死事件は世間から忘れられていった。

医療の荒廃は日に日に深刻度を増し、おかげで私は医事評論の仕事が殺到して、多忙をきわめるようになった。医療制度の矛盾を分析した新書や、医療の二極化を分析した単行本がベストセラーになり、テレビ出演も増えて、街で見知らぬ人から声をかけられたり、サインを求められたりするようにもなった。

……………

「狩野先生、もう現場に復帰しないのかしら」

不気味な色の特製ジュースを飲みながら、妻が言う。

「さあな。うつ病が深刻らしいから、むずかしいかも」

タブレットで日読ガゼットの医療面を開く。

『救急病院たらい回し　妊婦けいれん発作で死亡』

『脳外科医ゼロ地域　山陰、東北、四国にも』

『ドクハラ　心ない一言で患者自殺』

日本の医療は問題が山積みだ。

——馬鹿な医師どもに任せていたら、医療は荒廃するばかりだ。見識のある者が、強大な力でコントロールしなければならない。

安達の言葉が思い出される。安達はたしかに医療を支配し、私物化しようとしたのかもしれない。しかし、彼のように強烈な意志をもって改革に取り組む人間がいなければ、何も変わらないのではないか。生ぬるい現状肯定で、何もしない人間ばかりで、望ましい状況がほんとうに実現するのか。テロはなくなり、謀略も口封じもなくなった。しかし、現状は何も変わらず、じわじわと悪化の一途をたどっている。

安達のやったことはもちろん許されない。しかし、塙はどうなのか。膵臓がんで余命いくばくもない彼が、安達を道連れにすることで、日本医療を救えると考えたのなら、それはそれでひとつの思い上がりではないか。

このまま状況が悪化すれば、そのうち第二の安達が現れるだろう。

記事を読みながら、気づいたら味もわからないまま牛頬肉を食べ終えていた。

「ごちそうさま。原稿の締め切りが重なってるから、書斎にこもるよ」

「まあ、売れっ子だこと。去年までは〝一応〟がついてたけど、今はあなたも正真正銘の〝勝ち組医師〟だわね」

妻が満足そうに言い、改めて私を見る。

「でも、収入も増えたけど、体重も増えたわよね。これ以上、太って豚にならないでよ」

失礼なことを言う。だが、取材やテレビ出演などに追われて、ストレスによる過食で太ったのは事実だ。我々評論家は、安全な場所からそれらしいことを発信していればいいのだから、気楽なものだ。医療が危機に陥っていちばん潤ったのは、結局、私のような人間なのかもしれない。世間には申し訳ないけれど。

46

大窓の外を、ゴンドラが移動するのが見えた。妻が言っていた窓の清掃だろう。帽子を目深にかぶった作業服姿の清掃員が、リビングの大窓に洗浄フォームを吹きつけて拭いている。頰のこけた陰気そうな男だ。

なんとなく不愉快な気分になって、私はダイニングの席を立った。

書斎の扉を開けると、机の向こうの窓が目に入った。清掃はすんだのか、途中なのか。

窓に洗浄フォームが残っている。何か妙だ。

ふっと目を凝らし、私は全身の血が逆流するのを感じた。

拭き取られずに窓ガラスに垂れた洗浄フォームは、裏返しの文字でこう読めた。

――豚ニ死ヲ……

解説――久坂部羊の恐ろしい処方

有栖川有栖

ともに大阪出身というだけでなく、久坂部羊さんとは何かとご縁があって、地元での忘年会や新年会でご一緒になったり、天神祭で同じ船に乗り込んだり、トークイベントで対談したりする機会がある。

「何かとご縁」の「何かと」の部分を説明すると、久坂部さんの亡きご尊父に私が海外旅行ツアー中に親しくしていただいたこと（久坂部さんが作家デビューする前）やら、担当編集者が共通していること等である。

そのおかげで、当代きっての〈怖い医療スリラー〉の書き手の素顔を垣間見《かいまみ》ることができたのは幸いだ。お目にかかる機会がなかったら、「この作者、どういう人なのだろう？」とあれこれ想像するばかりだったに違いないから。

久坂部羊とはこういう人、とひと言でご紹介できるほど単純なキャラクターではないのだが、ある一面を切り取るならば、冗談を愛して周囲を楽しませる大人の貌《かお》と、無邪気に人を驚かせたり笑わせたりして喜ぶ悪戯《いたずら》小僧のような貌の二つを持っている。いや、およそ久坂部さんは何を語っても分析的な大人なのであるが（そもそも私より年長だ）、子供っぽい貌がちらりと覗《のぞ》くことがあり、その瞬間に「ああ、これか」と私は思う。「この悪戯小僧の貌で〈みんなが怖がる小説〉を書いているんだな」と。

本作『テロリストの処方』も非常に恐ろしい小説だ。先に〈医療スリラー〉という既成の言葉を遣《つか》ったが、久坂部作品はスリラーと呼ぶだけでうまく言い表せているとも思えない。

医療スリラーの元祖といえば、医療の現場を舞台にし、先端の医学知識を作品に盛り込んだロビン・クック。世界中で一億部を売ったとも言われるアメリカのベストセラー作家で、日本で最もよく読まれたのは一九八〇年前後だろうか。最近は新刊書店の棚ではとんと著書を見掛けなくなり、マイクル・クライトン監督によって映画化された『コーマ』（クックの代表作の一つでもある）を覚えている人も少なくなってしまったが。

クックの医療スリラーは、先端医学が直面した倫理的な問題を扱ってはいたが、「安心して楽しめる虚構」の趣が強かった。「――なんてことが起きたりして。まぁ、実際は起きないいんですけれどね」という感じ。そんな作風のおかげで、映像化された作品も多いのだろう。

久坂部さんの小説は、かなり様子が違っていて、まずスリラーに分類してよいものやら迷う。スリラー小説とは「ぞっとさせる小説」のことで（サスペンス小説は「どきどき、はらはらさせる小説」）、確かに読者は久坂部さんにぞっとさせられるのだけれど、それを通り越してホラー小説のごとき恐怖にも襲われるし、いったい何が起きたのか・どういう事態が進行しているのかという謎で引っぱる手法はミステリー＝推理小説のものである。

様々なジャンル小説の筆法を絶妙にブレンドしてできたのが久坂部流の医療スリラーで、そんな書き方は初期作品から顕著だ。

デビュー作『廃用身』は超高齢化社会が行き着く果てを描いたスリラーでありながら、最後にはショッキングな結末が用意されており、（化け物は登場しないが）ホラー小説を読み終えた心地になる。第三作『無痛』は、無痛症の男による猟奇殺人を描いたサイコサスペンスであると同時に名探偵小説、モジュラー型の捜査小説、法律のジレンマといった興味も取り込んだ重層的な小説だった。

もちろん、すべては効果を考えた周到な計算の上でブレンドされているのだろう。と同時に、このようなユニークな作風は、作者がジャンルというものをことさら意識せず自由に着想を広げ、多彩なテクニックを駆使しているためでもあるかもしれない。

若き日の久坂部さんは文学志向が強かったという。以前に対談をした時に伺ったところによると、高校時代は織田作之助ばりにマントを羽織って登校し、「もともと純文学が好きで、ドストエフスキーやカフカ、日本の作家では安部公房などの、どこか高級な感じに憧れていた」とのこと。それが四十歳になった頃から変化して、エンターテインメントにシフトしていったそうだから、ジャンル小説に没入した時期はないようだ。ジャンル小説の作家は、「よーし、ミステリーファンを驚かせてやるぞ」「私が新しいSFを見せてやる」「これぞ時代小説という作品を」などと腕まくりして筆を執る。待ち受けるジャンル小説読者は目が肥えていてうるさい反面、そのジャンルに愛着が強いので「今回の出来は期待を下回ったけれど、また読んでやるよ」と優しかったりもする。久坂部さんはいくつものジャンル小説を統合し、さらに社会性のあるテーマを背骨としたエンターテインメント小説によって、現在のポジションを確立したのだ。

本作『テロリストの処方』は、これまでで最もミステリー色が強いものの、前記の久坂部スタイルは変わらない。

遠からぬ未来の日本では、無理に無理を重ねてきたツケが溜《た》まり、医療制度が破綻の危機に瀕《ひん》していた。医療費は高騰を続け、富裕層向けの医療が導入されたことで医師も患者も勝ち組と負け組に二極化する。

そんな中、勝ち組の医師を狙った殺人が続く。犯人が残したメッセージは「豚ニ死ヲ」。一連の事件は単なる連続殺人ではなく、格差社会が引き起こしたヘイト・クライム（憎悪犯罪）であり、テロなのだ。

主人公の医事評論家・浜川は、日本の医療制度の大変革を提唱する医学部時代の同級生・狩野に請われて彼のブレーンに加わることになる。全日本医師機構の新総裁でもある狩野のもとに、テロを予告する不穏な脅迫状が届いた。その差出人は浜川たちの同級生で、ドロップアウトした負け組医師の塙であるかに思えたのだが……。

浜川は謎の真相を追い、東京を離れて南の島へ、関西へと飛び回る。その探索行の果てに彼がたどり着いたのは、思いがけない結末だった。

いつものごとく語り口は小気味よくシャープで、展開はきびきびとスピーディ。事件はとんでもなく過激で、謎は深く、読みだしたら途中で本を閉じることができなくなる。ただ過激な事件が描かれているなら、「フィクションだから大袈裟《おおげさ》に書いてあるだけ」と安心して楽しめるのだが、国民の経済的な格差が広がり、日本が誇ってきた皆保険制度が限界にきている現実に裏打ちされるだけに、読了した後、「こんなことがやがて起きるのではないか」という思いに駆られる。

テーマを際立たせるための誇張はあるのだろう。久坂部さんは、はっとするほど極端な性格の人物を鮮やかな陰影をもって描き、ショックとサスペンスを作品に盛るのをお得意にしている。その手法が今回の作品でも大いに効果を発揮し、とても凄《すご》みのある小説になった。

スケールの大きな社会派医療ミステリーであり、ざわざわするスリラー小説であり、尖《とが》ったサスペンス小説であり、超常現象は出てこないけれどホラー小説の恐ろしさも感じさせるエンターテインメント作品だ。

あんまり怖さを強調しすぎて、「じゃあ、私は気が弱いから読むのをやめよう」となる人が出たら困るから、言い添えておかねば。この作品は、なかなか先が見えなくてとにかく面白いんです。

その中心に重い現実——自分は関係がないと言える人がいない問題——が置かれてはいるが、「みんなの意識が変われば、進むべき道が見えてくるかもしれない」という作者の切なる希《ねが》いが込められている。それが〈久坂部羊の処方〉なのだろう。

と、いったん締め括《くく》った後で、久坂部さんにリクエストしたいことがある。

『テロリストの処方』が単行本になったのは二〇一七年二月。その後も社会はいたるところで分断され、格差が拡大し、〈上級国民・下級国民〉という言葉が生まれるまでに至っている。医療制度の改革が進む気配はなく、破滅に向けての下降は続いて、安心の砦《とりで》たる皆保険制度の崩壊もさらに現実味を帯びてきている。誰もが「このままではまずい」と承知していながら。

本作が文庫化されて、より多くの読者に届くのは望ましいことだが、さらなる処方を求めたい。「劇薬を使用しなくてはなりませんが……」と言いながら、久坂部さんが次に繰り出してくる恐ろしい小説を待ちたい。


（ありすがわ・ありす　作家）

本書は、二〇一七年二月、集英社より刊行されました。

初出　「青春と読書」二〇一五年十月号〜二〇一六年九月号

集英社文庫　目録（日本文学）

北方謙三　岳飛伝 十七 星斗の章
北方謙三・編著　盡忠報国 岳飛伝・大水滸読本
北上次郎　勝手に！ 文庫解説
北川歩実　金のゆりかご
北川歩実　もう一人の私
北川歩実　硝子のドレス
北村薫　元気でいてよ、R2-D2。
北森鴻　メイン・ディッシュ
北森鴻　孔雀狂想曲
城戸真亜子　ほんわか介護
木村元彦　誇り ドラガン・ストイコビッチの軌跡
木村元彦　悪者見参
木村元彦　オシムの言葉
木村元彦　蹴る群れ
木村元彦　新版 悪者見参 ユーゴスラビアサッカー戦記
木村元彦　争うは本意ならねど 日本サッカーを救った我那覇《がなは》和樹と彼を支えた人々の美《ちゅ》らゴール

京極夏彦　どすこい。
京極夏彦　南極。
京極夏彦　文庫版 虚言少年
京極夏彦　文庫版 書楼《しょろう》弔《とむらい》堂《どう》 破《は》曉《ぎょう》
清川妙　人生のお福分け
桐野夏生　リアルワールド
桐野夏生　I'm sorry, mama.
桐野夏生　I N
桐野夏生　バラカ(上)(下)
久坂部羊　嗤う名医
久坂部羊　テロリストの処方
櫛木理宇　赤と白
久住昌之　野武士、西へ 二年間の散歩
工藤直子　象のブランコ ――とうちゃんと
工藤律子　マラス 暴力に支配される少年たち
久保寺健彦　ハロワ！

熊谷達也　ウエンカムイの爪
熊谷達也　漂泊の牙
熊谷達也　まほろばの疾風《かぜ》
熊谷達也　山背郷
熊谷達也　相剋の森
熊谷達也　荒《あら》蝦《え》夷《みし》
熊谷達也　モビィ・ドール
熊谷達也　氷結の森
熊谷達也　銀狼王
雲田康夫　豆腐バカ 世界に挑み続けた20年
倉本由布　ゆめ結び むすめ髪結い夢暦
倉本由布　迷い子の櫛 むすめ髪結い夢暦
倉本由布　夢に会えたら むすめ髪結い夢暦
栗田有起　ハミザベス
栗田有起　お縫い子テルミー
栗田有起　オテルモル

集英社文庫　目録（日本文学）

栗田有起　マルコの夢
黒岩重吾　黒岩重吾のどかんたれ人生塾
黒川祥子　誕生日を知らない女の子　虐待——その後の子どもたち
黒木あるじ　掃除屋《クリーナー》　プロレス始末伝
黒木　瞳　母の言い訳
桑田真澄　挑む力　桑田真澄の生き方
桑原水菜　箱根たんでむ　駕籠かきゼンワビ疾駆帖
源氏鶏太　英語屋さん
見城　徹　編集者という病い
小池真理子　恋人と逢わない夜に
小池真理子　いとしき男《アダム》たちよ
小池真理子　あなたから逃れられない
小池真理子　悪女と呼ばれた女たち
小池真理子　双面の天使
小池真理子　無伴奏
小池真理子　妻の女友達

小池真理子　ナルキッソスの鏡
小池真理子　倒錯の庭
小池真理子　危険な食卓
小池真理子　怪しい隣人
小池真理子　律子慕情
小池真理子　会いたかった人　短篇セレクション　サイコ・サスペンス篇Ｉ
小池真理子　ひぐらし荘の女主人　短篇セレクション　官能篇
小池真理子　泣かない女　短篇セレクション　ミステリー篇
小池真理子　夢のかたみ　短篇セレクション　ノスタルジー篇
小池真理子　肉体のファンタジア
小池真理子　柩《ひつぎ》の中の猫
小池真理子　夜の寝覚め
小池真理子　瑠璃の海
小池真理子　虹の彼方
小池真理子　午後の音楽
小池真理子　熱い風

小池真理子　律子慕情
小池真理子　怪談
小池真理子　夜は満ちる
小池真理子　水無月の墓
小泉喜美子　弁護側の証人
河野美代子　新版　さらば、悲しみの性　高校生の性を考える
河野美代子　初めてのＳＥＸ　あなたの愛を伝えるために
永田由紀子　小説版　スキャナー　記憶のカケラをよむ男
古沢良太　小説版　スキャナー　記憶のカケラをよむ男
五條　瑛　プラチナ・ビーズ
五條　瑛　スリー・アゲーツ
小杉健治　絆
小杉健治　二重裁判
小杉健治　最終鑑定
小杉健治　検察者
小杉健治　宿敵
小杉健治　それぞれの断崖

集英社文庫　目録（日本文学）

小杉健治　水無川
小杉健治　黙秘　裁判員裁判
小杉健治　疑惑　裁判員裁判
小杉健治　覚悟
小杉健治　質屋藤十郎隠御用
小杉健治　冤罪
小杉健治　からくり箱　質屋藤十郎隠御用 二
小杉健治　贖罪
小杉健治　赤姫心中　質屋藤十郎隠御用 三
小杉健治　鎮魂
小杉健治　恋飛脚　質屋藤十郎隠御用 四
小杉健治　失踪
小杉健治　観音さまの茶碗　質屋藤十郎隠御用 五
小杉健治　逆転
小杉健治　質草の誓い　質屋藤十郎隠御用 六
小杉健治　最期

小杉健治　大工と掏摸　質屋藤十郎隠御用 七
小杉健治　生還
古処誠二　ルール
古処誠二　七月七日
児玉清　負けるのは美しく
児玉清　人生とは勇気　児玉清からあなたへラストメッセージ
木原音瀬　捜し物屋まやま
小林エリカ　マダム・キュリーと朝食を
小林紀晴　写真学生
小林信彦 萩本欽一　小林信彦 萩本欽一 ふたりの笑《しょう》タイム
小林弘幸　読むだけ スッキリ！ 今日からはじめる 快便生活
小松左京　明烏《あけがらす》落語小説傑作集
小森陽一　DOG×POLICE　警視庁警備部警備第二課装備第四係
小森陽一　天神
小森陽一　音速の鷲
小森陽一　イーグルネスト

小森陽一　オズの世界
小森陽一　風招《お》きの空士　天神外伝
小森陽一　ブルズアイ
小山明子　パパはマイナス50点
小山勝清　それからの武蔵 (一)(二)(三)(四)(五)(六)
今東光　毒舌・仏教入門
今東光　毒舌 身の上相談
今野敏　惣《そう》角《かく》流《る》浪《ろう》
今野敏　山嵐
今野敏　琉球空手、ばか一代
今野敏　スクープ
今野敏　義珍の拳
今野敏　闘神伝説I〜IV
今野敏　龍の哭《な》く街
今野敏　武士猿《ブサーザール》
今野敏　ヘッドライン

集英社文庫

テロリストの処方《しょほう》

2019年10月25日　第１刷　　定価はカバーに表示してあります。

著者　久坂部《くさかべ》　羊《よう》
発行者　徳永　真
発行所　株式会社　集英社
東京都千代田区一ツ橋2-5-10　〒101-8050
電話　【編集部】03-3230-6095
【読者係】03-3230-6080
【販売部】03-3230-6393（書店専用）

印刷　大日本印刷株式会社
製本　大日本印刷株式会社

フォーマットデザイン　アリヤマデザインストア　　マークデザイン　居山浩二

ISBN978-4-08-744033-1 C0193